U0902979

凯特世纪
CAT CENTURY MEDIA

鸵鸟小姐与狐狸先生

black.f 著

浙江出版联合集团
浙江文艺出版社

图书在版编目（CIP）数据

鸵鸟小姐与狐狸先生 / black.f 著 .—杭州：浙江文艺出版社，2018.11

ISBN 978-7-5339-5403-1

Ⅰ．①鸵… Ⅱ．①b… Ⅲ．①长篇小说–中国–当代Ⅳ．①I247.5

中国版本图书馆 CIP 数据核字 (2018) 第 210445 号

TUONIAO XIAOJIE YU HULI XIANSHENG

鸵鸟小姐与狐狸先生

black.f　著

出版发行　浙江文艺出版社
地　　址　杭州市体育场路 347 号（邮编：310006）
网　　址　www.zjwycbs.cn

责任编辑　瞿昌林
责任印制　张丽敏

印　　刷　三河市嘉科万达彩色印刷有限公司
经　　销　浙江省新华书店集团有限公司
开　　本　880 毫米 × 1230 毫米　1/32
字　　数　185 千字
印　　张　9
版　　次　2018 年 11 月第 1 版　2018 年 11 月第 1 次印刷
书　　号　ISBN 978-7-5339-5403-1
定　　价　36.00 元

目 录

CONTENTS

第一章

黑咖啡与起司蛋糕

我叫暖冬，二十五岁，单身。

我叫暖冬，二十五岁，单身。

二十五岁单身不算什么，但是二十五岁没有谈过一次恋爱，恐怕要遭人歧视。

不过我不在乎，我有工作，说起来也算是个大公司的白领，虽然收入水平令人遗憾地还未达到能肆意挥霍的水平，但在合理范围之内也足够生活得相当舒适。我独居，这点主要感谢我那身为本地人的靠谱爹妈。我爹长期在第二世界诸国做工程，一年也回不来两趟，而他那位有网就能活，没网或许能活得更好的职业作家太太，也就是我靠谱的妈，在女儿一达到不再拖累监护人自由的年龄后，立刻前脚把我往大学里一塞，后脚就搭乘飞机和我爹一起领略赤道附近的原始风光去了。我们用网络保持联系，直到上次连线为止，都还没从这两位被自由引导的中年人身上看出来有什么玩够了想回来的迹象。

所以我不仅独居，还免去了心疼房租这个环节，经济独立，生活自在，谁在乎别人怎么看我。何况我还有三个生死之交，就是那种，你可以在大半夜从床上爬下来，无惧寒暑，承载着来自邻居无声胜有声的压力，为她们开门，听她们哭诉一晚上这辈子的爱恨情仇而不是选择直接烧死她们的生死之交，甚至还会在她们吸着鼻涕问我怎么都二十五了还没交过男朋友的时候源源不断地递上面巾纸。

我一直在自己“其实是个认命的人”和“战斗力太低只能放弃抵抗”的自我认知中徘徊不定。其实这两个选项没什么差别，不管怎样我的结局都是在她们哭到天亮，哭累了然后老实不客气地往我的床上一趴后，认命而放弃地为她们盖好被子，准备好她们睡醒之后需要补充的食物和水分，视情况为她们打好电话请好假，再靠着咖啡或者其他功能饮料的热情精神抖擞地爬去上班。

这种情况随着生死之交们日渐成熟的心智和日益稳定的感情状态已经很少出现了，但少不等于没有，毕竟我们只是普通的成年人，每个月总有那么二十几天特别想不开。

现在趴在我床上的这只生物，全名纪安，我叫她“安”。此时正把一半的脸埋在我的枕头里，另一半则包裹在夏天轻薄的被单之下。她侧躺在床上，嘴里嘟嘟囔囔地说着什么，经过一晚上的涕泪横流，那些语句只剩下一堆含糊不清的音节，然而被子下面完美曲线勾勒出的起伏倒是清晰而曼妙，再往下则是露在外面的修长小腿和纤细的脚踝。我有理由拨冗欣赏一会儿，诚实地说，这种风景大概无论男女都会乐于在清晨的床上看到，但是不，这些男女中唯独不包含我。

我和纪安是最早认识的，或者说三个生死之交里她是最早开始和我缠着彼此不放的，也是缠得最坚定的。从幼儿园开始算起，一路经历了中考、高考、大学、工作，这么多的人生分岔口却依然没能成功地把我们分开。安曾经托着我的下巴认真地对我说："我们之间的命运如此坚定，不当情侣实在是太过浪费。"

是的，那些含糊不清的音节组成的就是这句话。

我想象着自己就像是电影里那些冷酷的情人，背对着床，在穿衣镜前傲慢地系着领带，用那种漫不经心的语调一如既往地回复她："不行，你不是我喜欢的那一型。"

然后含糊不清的音节再次响起，这次我不用听就知道她在说什么，这就像是某种流程，她声称要掐着唐磊的脖子，让他扣我的工资，不给我发奖金。

"你知道，"我终于结束了早晨的准备工作，因为睡眠不足和刚刚才摄取过量的咖啡因，想象中的冷酷已经全然地变成现实，我在出门之前冷酷地对她说，"我刚刚出差回来，前前后后已经连着半个多月没有好好休息了，你看到在你脑袋另一边的那个枕头了吗，我完全可以把它直接按到你的脸上，同时微笑着说亲爱的你睡着的样子就像个天使。"

"我也爱你。"她说。

所以安的男朋友还和我多一层关系，就是我的大老板。

此时这位给我发工资的男人正一脸挫败地坐在我的面前，盯着办公桌上一个虚无的点，足足有十五分钟没有说话。而我丝毫没有为我司大老板鞍前马后排忧解难的意识，尽管我希望我能，但是我不想。

十五分钟后我开始研究秘书为他准备的早餐——这合情合

理，毕竟平时给他准备早餐的人现在正睡在我的床上。

那是一个中号的纸袋，上面印着楼下咖啡店的Logo，不知是因为秘书的小心翼翼还是总经理的心情不佳，被推离了唐磊的方向，反而离我还比较近一点，所以我只是随便斜一下眼睛就能看到里面毫无悬念地装着鸡肉三明治和黑咖啡，咖啡附带两包糖和三个奶球，另外还有一块八分之一的奶油起司蛋糕。

我面无表情地看着他，不知道是素来公私分明坚壁清野的总经理哪怕公司突然倒闭也不会如此这般沉默的十五分钟比较吓人，还是自制力惊人、身材完美、色艺兼备、以一己之力将公司变成言情八卦巢穴的男人这自暴自弃的糖分摄取量比较吓人。

“蛋糕是给你的。”大概看我的承受力已经达到了极限，唐总终于选择开口，声音沙哑，内容也不太让人放心，“我想你昨天晚上大概一晚上没睡。”

没睡醒难道不是应该给咖啡的吗……这状况复杂得我都快出现心理创伤了。

我冷静理智地扯出一个笑脸，避重就轻地说：“谢谢唐总关心……那如果没什么别的事我就先……”

唐总唰一下就站起来了，说：“暖暖，你跟我说实话，你和安这么多年朋友了，你说她心里到底在想什么？我自认我唐磊也算是年轻有为、一表人才了，虽然在遇到她之前是有过那么段年少轻狂风流不羁的往事，但自从认识她以后，我的眼睛就没从她身上移开过，这样也算得上是感情专一了吧。像我这样的男人到底哪里有问题？你知道的，我们现在住也住到一起了，她，她到底什么意思？”

我被他吓了一跳，又受他一米八二的身高压制，整个人瞻仰烈士一样地瞻仰着他，战战兢兢地开口：“她……她就是喜欢调戏小男生……”

“你说什么？”他疑惑地看着我。

“我说了什么？”我疑惑地看着他。

我是真的不知道状况，已经很努力地回顾了昨天安号啕了一个晚上的重点——可根本就没有任何重点，全部时间都在回顾她和唐磊的恋爱史，说真的，谁要听这个啊……再说这也不是第一次了。鉴于这两位黏腻得都惹人烦了的情侣从来没出过什么有建设性的问题，所以安来的时候我通常只是抛撒我储备得相当充足的面巾纸，然后在她擦着眼泪鼻涕东拉西扯的时候用读书时上课打瞌睡练就的一身技能默默补眠而已。

谁也不能指责我死于安乐。

“不是。”唐磊放弃地移开了视线，又恢复那副挫败的样子，颓然地坐了下来，双眼茫然地望向窗外。我借机抓起那杯咖啡喝了一口压压惊，只听见那边长叹了一口气，说道：“我向她求婚了。”

我一口咖啡喷了出来，幸好偏头及时，没有糊总经理一脸，只是在地板上散布出一条完整的轨迹。我艰难地看了一眼那条轨迹，再看了看唐总，唐总根本没把我和他的地板放在眼里，只是保持那个幽幽远目的姿势说：“她答应或是拒绝我都做好准备了，可她居然尖叫一声，夺门而出……你说她这到底是什么意思？”

“她高兴的，你终于向她求婚她太激动了。”我一抹嘴，认真坚定严肃无比地说。唐磊斜过眼看着我，一副简直不敢相信我睁着眼竟能说出这么瞎的话的样子，但他只能看到我的目光灼灼坚定不移。唐总终于在我的目光灼灼坚定不移中抬头无语问了一下青天，才说：“算了，你忙去吧。”

我立刻目光灼灼坚定不移地转身，如蒙大赦地快步走向门口，心想着地板上的咖啡就留在地板上吧，没准老板踩上去能滑一跤呢。然而老板却像是突然想起来什么，在我离开现场之前出声叫住了我：“对了，之前跟你说过的，给你们部门找的新总监今天到。你一直出差，我猜你八成早忘记了，一会儿……”他抬手看了看腕表，“我跟他约的十点，一会儿介绍你们认识，另外，你跟你部门的人说一下，今天下午要是没什么要紧的事就不要出去了，晚上大家一起吃个饭熟悉熟悉。”

新找的部门总监？

……我还真忘记了……

我内心出现了一点挣扎，看了看自己搭在门把上的手，感觉实在是没有主动收回来的道理，但既然提到这个传说中的新总监……确实，实在有点让人好奇。

其实空降的上司倒也算不上什么新鲜事，如果从前因算起来，这部分的情节差不多已经铺垫了有一年的时间了。自从去年我们部门的原总监，广受人民群众爱戴的陈总，因公累倒差点猝死在工作岗位上，抢救有效说走就走之后，这个部门负责人的位置便一直空到现在。我勉为其难地兼管了不到三个月就愤而甩锅给唐磊。这职位名字听着好听，其实就是背锅应酬讨好客户专用，有事担责任没事该做的事一样都不少，非有超乎常人的意志力和胃动力不能胜任……加上我的职业规划有它没它都一样，所以甩锅之后也就没再真的上心过，再后来就是几个项目集中上线，忙得六亲不认到如今。

所以忘记这位——是叫作 Sean? Shawn? Swan? 没准可能叫作 Sherlock，毕竟是英国来的嘛——的新总监真的不能怪我。

但好奇又是真的好奇，纯八卦的角度。那是大概今年一月中旬的事了，就在过年那几天，趁着“Chinese New Year”（春节）这个机会，唐总亲自去英国做一个中英文化交流的联合项目。英国那边大约是考虑了语言文化方面的沟通便利，据说任命的项目负责人是一位留英的华人，唐总只不过和人家相处了短短一周的时间，回来之后简直是对他赞不绝口，从工作能力夸到个人魅力，迷恋的样子让人恍惚以为他又找到真爱了，被安打了一顿倒是老实了点儿。

然而就在我出差前的那周，唐磊突然接到对方电话，又开始旧疾复发。唐总是干大事的人，挖起墙脚来连合作公司的面子也不给，项目接洽时就给对方留了私人的联系方式，承诺对方如果什么时候想要回国发展可以随时来找他，他随时欢迎，没想到年初才示的爱，还不到年底就来到了身边。

就因为那个中英文化交流的项目是唐总亲自上的，不管从哪种意义上来讲都极具影响力，除了媒体作为市政宣传的跟踪报道外，公司的内刊和外宣也是做足了篇幅、给足了版面，图文并茂中英文双语恨不得夸出朵花儿来。然而就在这样一个普天同庆的时间段，独一无二的我，却为一个城市周年项目全身心地扎到市展览馆，简直恨不得睡在那里，甚至在大家庆祝项目完美收官吃庆功饭的时候，还老实地坐在二号展厅中间的一个免熏蒸木箱上研究钉枪怎么用……说起来真是相当不堪回首的往事。

所以这位真爱就是在我这种纯好奇想八卦和因为太忙忘记八的过程中被招了进来。其实得知这件事的第一时间我也后知后觉地想把当时的电子内刊挖出来观摩一下真人，结果那段时间收到的内刊似乎也在邮箱空间不足的时候被我连存档都省略了直接全主题地删掉了……

这样一总结不像是很有缘分的样子呢……

不过话又说回来，还有不到半小时就能见到真人了，实在没什么纠结的价值，我仔细权衡了一下目前的状况，转身看向唐磊说："唐总，不如这样吧，反正机会难得，这段时间大家也都挺辛苦的，既然要聚餐，老板您干脆再贴补一点，我们吃完饭再找个地方去放松一下，就算您犒劳我们了怎么样，"我铺了个为同僚谋福利的垫，才忍痛抛出重点，"……保证十点之前不回家。"

按照我对安的了解，她不在我那儿蹭个几天是不会回去的，唐磊再宠她毕竟也是个面子大惯了收起来困难的人，得给他们俩留足单独相处的时间、空间……我都狗腿到这个份儿上了，只求今天晚上回家能安静睡个觉。

唐老板果然立刻意会，一脸的春色盎然，盎然得我都有点不放心了，犹豫了一下还是补上一句："唐总，我有义务提醒一下这件事……我家监控摄像头是远程操控一键开启的，”根本没有监控摄像头这种事，“所以不管发生什么、不管多高兴也都还请二位回家解决……多高兴都给我回家解决去。”

然后在唐磊有任何反应之前以一个轻快的身姿推门而去。

然后轻快地错过了最后一个提前发现错误的机会。

是的，我错了，而且错得相当离谱，当唐磊春风满面地把人带来的时候我突然意识到，人世间有时死活见不了面的错过似乎有一半的概率是为了铺垫之后的措手不及防不胜防……

邵宇哲。

远远听到这三个字的时候，我还以为是手上的电话出现了杂音，听到了什么不得了的幻音，然而当我终于面对现实抬头看向门口的时候，那一瞬间我连电话里在讲什么都听不见了，只看见唐磊在向部门的同事介绍他。他们一边说着什么一边冲我的方向挥了挥手，整个画面就像一个缓速旋转的慢镜头，伴随着未可知的背景音和毫无道理的走马灯，我在他们看过来之前就已经把自己埋在了工位后面，似乎职业本能还可悲地帮我比出来一个讲电话中请稍等的手势。

……我和他是认识的，不但认识，还历史悠久。

高中三年的同班同学，混在一起玩过的好友，连上安和其他几位可以被概括到“等等”里的同学，算得上是上课一起同过桌，吃饭一起占过座，游戏一起组过队，放假一起回过家的关系。

以及顺带一提的是，他还是我二十五年的记忆里，唯一喜欢过的一个人。

真是什么时候想想都是我的似水年华。

明明知道他是不可能喜欢我的，也来来回回地读了很多篇喜欢你与你无关的小作文，整个高中也都老老实实地待在了合适的距离直到毕业之后各奔东西……我有自知之明，我并不是关于青春、关于校园的故事里那些美丽动人的女孩，就算糊上一层回忆的朦胧我都动人不起来。我长相一般，成绩一般，性格也算不上活跃，说到底，我不过是那千千万人中的之一 —— 一个普通的，备受青春期和中二病折磨，苦苦思考自己努力的程度究竟会落在高考分数线哪个位置上的，再平凡不过的高中生。

甚至就连暗恋的桥段也都这么平凡得不能更平凡。

但他却完全不同，长得帅，头脑好，仿佛天生就有让所有人喜欢上他的能力。他本来应该和我是两个世界的人，如果不是我们家住在同一个方向，我近水楼台占了点便宜，恐怕我和他此生都不会有太多交集。

时至今日，回想起和他一起上学放学走过的那段路，脑海里依然有清晰又明朗的画面。我们一起看过彼此人生中最美好的时光里的日出与日落，一起并肩走过生命最初不经雕琢的那几年春夏秋冬。

要说有多么跌宕的剧情、多么瑰丽的风景，其实也并没有。但是在那个随便做点什么都能联想到诗情画意的青葱年纪，只是走在他身侧，已经得到了莫大的满足和慰藉，甚至经常从内心深处生出一丝窃喜，更不用说从他的口中听到一两句关切的话，仿佛心都会在阳光下化开。

我一直觉得喜欢上一个遥不可及的人大概算是大部分人的人生中永远不能避免的一部分，而我需要做的只不过是慢慢等待这种悸动过去，然后将他和其他美好的东西一起沉淀到心底，直到有一天我终于成熟到可以面对自己曾经那副伤春悲秋连呼吸也痛的样子。最终觉得笨拙得可笑也好，傻得可爱也好，甚至什么都没有就这么忘掉也好，不过是些交给时间迟早都会过去的事。

只可惜事与愿违大概是人生定理中另一个优先级更高的条目，我这条等待悸动过去的道路走得不但阻而且长。无论我怎样下定决心，在二十岁生日之前，每个我觉得伤心脆弱的时候，那个人就像是算好时间一样，总会打来电话或发来消息。也许这不过是我的主观情绪作祟——一旦介意一个人，他所有的行为都会被强加上各种不一样的含义。我明知道那些不过是普通的、朋友之间的往来，却再也没能坚持住自己的立场。远距离和时间不但没有淡化感情，反而助长了所有想象空间，让我患得患失到觉得可能不管过去多少年我都无法直视这一段心事的程度。

情绪绷到极限的结果是，我终于在二十岁生日的前一天晚上下定决心将这件事做一个了断，我鼓足了所有的勇气打了电话给他，告诉他我喜欢他，就只是告白，甚至不敢问他愿不愿意和我在一起。我只记得自己为了控制情绪和填补空白，语无伦次地说了很多现在已经想不起来了的话，想来无非是些丢脸的废话，但回应我的只是电话那头长久的静默，静到连我的呼吸都迟滞了。

我告诉自己就算是他大概也无法在这些丢脸的废话里寻找到

可以应对的拒绝方式，所以只能用长久的沉默作为回答，所幸从一开始我就认定了会被拒绝的结局，在最后的最后，还是好好地说了再见。

唯一值得庆幸的是我的生日通常都在暑假，我得以独自一人窝在家里，拔掉电话线，关掉手机，扒光了自己钻进被窝，闭上眼睛，制造了一点累赘都没有地把二十岁生日睡过去的境界。

事后收到一堆祝福短信，夹杂着生日那天死哪儿去了的善意询问，尤其是安，我在迷糊中听见她敲门，还有她叫我名字的声音，可是我哭得连眼睛都睁不开了。

我当然没把这件事告诉任何人，官方的解释是无法接受自己一枚好端端的青春少女突然就犯二了，需要一个人冷静一下。其实多数人并没有真的想要探究答案，只需要一个说得过去的理由就可以了，况且那时大家年纪都在这个坎儿上，对突然就二十岁这件事各有各的戚戚焉，似乎怎么作死都能找到共鸣。唯有安对我是真爱，当然主要还是发小住得近收拾起来方便，所以事后我差点没被她打死，但我终究还是没把这件事告诉任何人。没有什么特别的原因，就只是单纯的说不出来，现在想想大概是因为并不是所有的事都需要被倾诉。有些事只是关于自己的、属于自己的，不管任何人用怎样的态度来对待、用怎样的方式来提及，都不可能觉得对。而我终归在最后的时候好好说了再见，所以我想这就已经足够了。

既然决定给自己一个了断，那之后不管是否还喜欢，我自然是不会再主动联系他，而他也果然再没来过电话。失落之余内心也算是安静不少，剩下的日子我就把自己全身心地奉献给了读书上课考试重修毕业工作，故意不故意地错过了之后所有的同学聚会，就这样一直到现在。

现在他就站在我面前。

以一个让我措手不及防不胜防的方式。

人生的离别和重逢果然就是这么的出其不意。

他低垂着眼看我，仿佛早就看透我手机屏幕的黑暗里是对方早就已经挂断的空白。我心跳如雷，不知该如何应对，他却浅浅地露出一个客气的笑容，向我伸出手："你好，我是邵宇哲。"

咦?

我愣了一下。

他的声音和态度就好像所有工作场合的初次见面的陌生人一样，带着无可挑剔的客气与疏离，仿佛……仿佛他已经忘记我了?

……不，仔细想想也不是完全没可能……毕竟从高中毕业到现在，我们也有五六年没见过面了，从郁郁葱葱的十几岁少年，到饱受摧残的有业青年，如果放在电影里，这种场面演员都该换人了，他不记得我也是很正常的……吧。

逃避的情绪足以覆盖心里那一丝的失落，这么一安慰自己果然感到轻松了不少，我赶紧站起身迅速掩饰掉刚才的不自然，努力恢复到平时职业化的样子，握住了他的手自我介绍："你好，我是暖……"

"冬，"他突然就叫了我的名字，用他曾经叫我名字时熟稔的语气，那抹客气的浅笑终于落到眼底，扩散成一个促狭的意味，我感到他握着我的手轻轻用了用力，说出一句："抓住你了。"

我石化。

"好久不见了，有五六年了吧。"他用那种促狭的笑意说，"终于再见面了。"

这什么水平的剧组，连多请一个演员都舍不得吗？！

我还有点缓不过劲儿来，唐磊在旁边看着倒是有些新奇，他在我们之间比画了一下问："怎么，你们认识？"

"高中同学。"邵宇哲简单同他解释。我全身心的力量都在用来强忍着再把头埋回去的冲动，对这个问题的解答也不像是能做出什么贡献的样子。

"这么巧？"唐磊明显看出我的不自然，他扬了扬眉，却没揭穿我，也没有提纪安的事，只是拍了拍邵宇哲的肩膀，颇有些得意地说，"看，我就说你决定回国发展的选择是完全正确的，我刚才还在跟暖暖说，怕你不习惯国内的办事方式，让她多帮着你点，这要是老同学那可再好不过了。刚好，今天晚上给你安排了个欢迎会，趁这个机会，你俩好好叙叙旧。"

叙旧……听到这个词我就颤抖了下。欢迎会这事儿我已经广而告之过，连着补贴全算在唐总的隆恩上了，旁边竖着耳朵听的好同事们已经开始无声地鼓掌。

后悔。谁能想到会发生这种情节……早知如此，宁可一下班就回去给别人家老婆做饭去。

十点之前不回家，真是想想都怕。

好不容易把唐总应付回宫，大老板临走前还不忘给我安排任务，让我全权负责迎接新上司的全部工作。我纠结着把视线挪向这位我尚不知该用什么表情面对的新上司身上，但我的本能似乎已经开始寻找逃生的方向，试图在短时间内憋出个不参与集体活动的借口。

“我……”我开口。

“怎么，五年多了还躲我？”他像是一眼看穿，不知真假地露出个有些无奈、有些受伤又有些可怜当然也有可能是我脑补过度的表情。

但我还是立刻就心生了愧疚，觉得更加不知该如何是好。说到底这不过是我当年的一厢情愿，一厢情愿地喜欢，一厢情愿地表白，然后一厢情愿地伤心失恋。我喜欢他，他不喜欢我，这本来就是再正常不过的事。五年前我可以放任自己去选择去逃避，去蒙着被子哭上一整天，但是现在已经过去五年多的时间了，这五年多的时间，就算还不足以让一件我早已想明白的事变成一段仅属于过去的记忆，也总该让我学会用更加成熟的方式来应对这场突如其来的重逢。

“哪有这回事，”我调用整个职业生涯里积累的稳定，面不改色地说，“就是有点……意外。真的好久不见了。”

“怎么，”他自然不吃我的轻描淡写，却也没在这个问题上多做停留，只是摊了手，用一种半开玩笑的姿态展示着自己，“变化真的有这么大吗？”

我压下一个苦笑的表情，说：“这件事真是说来话长，”不过仔细想想这完全就是唐磊的错，“直到你出现之前我都只是从唐总那里听说，新来的总监的名字叫作Shawn，”我在记忆中的发音里挑了一个，反正含糊一点听起来都差不多，并且为了同样含糊自己对这件事太过不上心的态度，我冲他露出一个故意的笑容，做出品评的姿态上下打量着他，“……以及，是的，变化很大。”

这却把我带到了另一条沟里，现在我不得不去注意他变宽了的肩膀，看起来结实许多的身体，被剪裁修身的西装熨帖地勾勒出的肌肉修长有力的线条……他的脸上也不再如我记忆中的少年人那般带着青涩和偶尔迷惑的表情，如今他姿态放松，举止沉稳，散发着一种温和而又坚定的自信，他已经变成一个男人了。

大概是我露出了什么奇怪的表情，或者只是因为我的傻话，他轻笑出声：“唐总也是个不拘小节的人，”他弯着嘴角，解释了名字的来历，却又似乎对所述的内容并不在意，“Shawn其实只是‘邵’的近音，我刚到英国那会儿，学校的同学和老师大都发不好‘邵宇哲’三个字的音，又都是不拘小节的人，总是怎么方便怎么来，后来我也就索性用这个音做了英文名。唐总在英国做项目那会儿一直跟着别人这样叫我，大概也叫习惯了。”

不不不，唐总没有习惯，唐总只是自来熟无障碍地融入环境，唐总随时都准备发出“邵宇哲”的标准音，甚至工作场合还会称呼你为邵总。

我在内心无关紧要的地方吐了个槽，这件事没有谁比我更加清楚了，唐磊和安谈个恋爱而已，也跟着安“暖暖、暖暖”地叫我，要不是安的存在感太强烈，没准我就能在公司里作威作福了。

哪像现在只能以德服人。

这个吐槽倒是让我缓和了下来，我轻松地招呼了他："来吧，新上司，我先带你视察一下公司。"

"别介意，"他却没有动，只是温声说，"如果你有工作的话尽管去忙，只要告诉我我的位置在哪里就好。"

"没关系的，"我反倒有些不好意思了，用半开玩笑的语气说，"我昨天才出差回来，最要紧的工作不过是整理发票做报销，晚个几小时他们也会把钱给我的。"

他没有再推辞。

我先带他去了部门总监办公室，也就是他以后的办公室。陈总说走就走之后这里就一直空着，我虽然兼管了一段时间这部分工作，但并没有真的搬进去。陈总本身就是个自律性和责任心都很强的人，办公室里没什么杂物，一些私人物品也在他离开的时候都收拾好带走了。之后保洁维持了办公室的整洁通风和绿植的存活，所以尽管一年时间几乎没有使用，房间的状况也还是相当健康。稍晚行政部会更换新的办公用品和其他必需品，如果他有要求，甚至连办公家具都可以安排。

之后就是公司的各个部门和各种制度，这原本应该是行政人事部的工作，但毕竟是唐总亲自下的令，指派操劳的我全程陪同，以让他的真爱感受到宾至如归的体验。如此无微不至，换别人我还真就好奇当初的英国之行唐总是不是真的发生了点什么没告诉我们的剧情，但既然是邵宇哲，我又觉得似乎没有什么好奇怪的了。

我一处处介绍过来，不确定在此之前他对公司了解到什么程度，又多少有点害怕停下来的冷场，于是巨细无遗。他没有打断我，我也就只能一直讲下去，所幸我的工作本身就是与沟通联络和指引相关，很容易进入一种职业状态，到最后连自己都觉得自己的专业表现完美无缺。

虽然认识得久了越发难以定义，但在工作方面，唐磊毫无疑问是个极其注重专业性的人。因为某些原因，受集团总公司风格影响，我们公司的部门结构设置得较为繁杂，职责也划分得相当细致，虽然这样会拉长审批和执行的流程，但效率说到底还是由人的因素决定。而唐磊在用人方面向来拿捏得极其准确，也不忌于放权。这样一方面弥补了流程上的损耗，一方面也给了每个人相对更大的活动空间，但是承担的责任自然也更重，加上他历来赏罚分明，福利方面公司力求做到员工逢年过节亲朋好友都不敢轻易过问奖金的程度，同样，在追责的时候也会要求员工对得起这份厚重的待遇。

所以能存活下来的员工基本上都是跟着唐总死心塌地干大事的，一个个都是能挣又能花的高手，尤其花的还是唐总的钱，加上这段时间大家也确实辛苦，所以到了晚上欢迎新同事的环节，这群人更是放开了地吃喝玩乐。

我本身其实并不热衷这些活动，所以虽然挂着我来安排的名头，不过就是个跟在后面买单结账的，同时监督他们不要玩得太疯，其他内容我乐得他们自由决定。

这次的最后一站是 K 歌，介于我日常在这个项目上的偷跑已经达到大家可以物理性无视我的程度了，于是进行到这一环节我终于可以从包厢中例行蹭出，在 KTV 另一边的小吧台上喝杯热饮喘上口气。

“怎么一个人在这里。”刚喘了没多久，邵宇哲就在我身边坐下，他融入环境一向很快，刚才还没开始吃饭就已经和部门全体混成一片，对好奇和探究也应对自如，说来其实根本不需要什么照顾。

我看准他和同事玩闹的时机溜走，却没想到他这么快便跟着出来，也只能笑笑，用些无关紧要的话来敷衍：“说真的，”我做了一个夸张的耸肩，“真的只有我一个人完全抵挡不了夏阳的灵魂歌艺吗？”

“所以让他做开场？难怪。”他倒也配合，“我是被派出来买啤酒的。”

“他们对你可真好，”我假装酸溜溜地说，“明明呼叫服务生就能买啤酒，还要强行放你逃过一劫。”

他笑笑，对此殊荣表示坦然接受：“说来 KTV 还真是永不过时，记得我们念书的时候也经常一起来唱歌。”

是的，他唱得还不错，磁性的嗓音唱什么歌都有味道，勾魂夺魄，褒义词，而我就喜欢坐旁边安静地听。恍惚间感觉那些画面就在眼前，似乎就是昨天，但清醒时却是身处很多年后，我和他还是那么近的距离，但我们之间隔着的可不只是时间的鸿沟……

“好像演化成职场标配了，”我表示同意，不自觉地又有点想要避开关于过去的话题，“不过我可以打个小报告，如果放在平时，这帮家伙可能首选会去游戏厅，大概毕竟是第一天，还是试图给新上司留下个成熟稳重的印象。”

“嗯……”他用指节抵着下巴拖出个长音，故意做出一副认真思考的样子，意义不明地说，“相当有用的情报，对校准理解上的偏差有着很好的参考意义。”

“每个人发五十个游戏币，然后就像放羊一样。”我继续用描绘前景的方式为新上司提供画面感，并且为了掩护自己，毫不留情地牺牲了同事们的形象。

他失笑，看了看我的饮料，问：“咖啡？”

“有点困，”我无奈，大概在晚上的 KTV 吧台上喝咖啡是有点怪，“感觉快熬不到家了，先是出差半个多月，再是昨天差不多大半个晚上没睡，真是一到年纪就立刻熬不住，连点缓冲都没有。”

“这么忙？”他向酒保点了杯酒，用那种并不触及隐私的轻缓语气说。就是那种如果对方不愿意回答，也不会尴尬，只不过是两个无奈上班族之间的感慨罢了。

我看着酒保将不加冰的苏格兰威士忌推给他，突然有些茫然，普通的闲聊也就算了，喝上一杯又是什么节奏。我疑惑地问他：“话说你不是出来买啤酒的吗？”

“看你在这儿，我让服务生帮忙送过去了，”他举了举空无一物的手，一脸无害，“唐总不是说了么，要趁机会叙叙旧。”

……那么要从哪段开始叙起?

一句话在舌尖无声泛开，我心里一跳，竟然不知该如何应对。

“我记得你学的不是这类专业，怎么跑来做这一行？”他并未察觉我的情绪反应，只是随意地晃了晃酒杯，琥珀色的液体在杯壁划出一个优美的弧度。

“做展会吗？”他问得那么自然，我反倒愣了一下，又有点懊恼自己果然是自我意识过剩，连正常人的寒暄交流都不会了。我摇了摇头说：“其实也没什么，在大学时学校有很多学生组织的社团，我当时加入的是动漫社，我们那届社长是个相当活跃的人，经常和其他几所学校的ACG社团联合活动，还办过几次漫展。你也知道我爸的工作，长期不在国内，我上了大学以后我妈也跟着出去了，所以除了逢年过节，我假期基本都不回家，就这样每次都会跑去帮忙，大概那个时候就开始对组织这类活动很感兴趣了。再后来还跑去给博物馆展览馆做志愿者，工作方向就奇妙地和专业变得有点偏离。”我简单解释，才问他，“那你呢，怎么又跑到英国去了，念书？”

我记得他有提过刚到英国时老师和同学发不好他名字的音，所以多半是这个原因。

“大二的时候就出去了，”他证实了我的猜测，轻轻抿了口酒，头发因为跟着那群人胡闹有些散落了下来，在吧台昏暗的灯光下看起来放松又自在，“那时家里出了点事，我有个姑姑在英国经营画廊，就把我接了过去。我一边念书一边在画廊里帮忙，后来认识了 Alan，就是我在英国的老板，毕业之后就去为他工作了，再之后就认识了唐总。”

他突然提及大二让我有些心慌，却又不知是否应该探询他家里的事，虽然他说得轻描淡写，但是会突然把他送去英国，想必这件事并没有他自己所说的那样轻巧，只是感觉现在的我好像也没有能过问这些的立场，所以话到嘴边又咽了回去。随即我意识到这份过度的小心翼翼，让我在对待和他相处的距离判定上甚至比全然陌生的人还要不知所措。

他大约看出来我的忧虑，却误会了方向，笑了笑说：“不是什么大不了的事，只是当时我父亲给人做担保，出了点问题。”他的笑容变得有些无奈，没有详说。不过既然出现了“担保”这个关键词，那也差不多能够猜到发生了什么事，无非是错信他人，遭受牵连，但看他现在提及的样子也不像是非常困扰，果然听他继续说：“事情倒是很快就解决了，总的来说也不算太糟，只是债务人的背景有点复杂，当时父母担心我的安全，才急急把我送了出去。”

“牵涉到人身安全的问题了？”我吓了一跳，即使知道早就已经是过去的事了，听到这个还是忍不住心里一惊。

“其实没有那么严重，但毕竟是父母，容易在这件事上过度紧张，”他浅浅地摇了摇头，轻描淡写地说，“而且那段时间我们本来就在讨论留学的事，所以才能以最快速度做了这样的安排。”

“是么，”我低头抿了口咖啡，掩盖住内心的一丝失落，“怎么从来没有听你提起过。”

“因为……”他不知为什么停顿了一下，才说，“在这之前只是讨论过，并没有确定，可能如果不是发生了这件事，未必真的会出去。去英国的事，我没有告诉任何人，一方面是我爸妈过度紧张，一方面也是因为我原本以为过了那段时间就能回来了，却没想到生活是有惯性的，先是读书，再是工作，各种原因一拖再拖，就待了这么多年。”

那么这是不是就是他失去联络的原因？

我真想把自己埋在吧台后面的冰桶里让自己好好清醒一下，就算我们念大学的时候，社交网络没有现在这么发达，但不至于会因为这样简单的原因就断了联系，无非是顺水推舟的事罢了。而且明明是我自己决定要做一个了断，下定决心要走开，如果将原因归咎于他，未免也太过无理取闹。何况五年前我或许心存幻想他还会回头找我，会主动联系我，虽然没出息但也算是人之常情，但是事到如今若还有这样的想法，那不单是可怜，简直就是丢脸死了……

“原来是这样……”我压制着对自己的鄙视，几乎有些草率地结束了这个话题，一边不由自主地抬手看了看表，却发现明明感觉已经很晚了，居然距离和唐磊的约定还有一段时间，更是深感悔不当初，我决定把话题拖离过去的时间范围，换了轻松些的语气问他，“所以你是这两天才回的国？现在住在哪里？”

“昨天回来的，”他并不介意，只是顺着我的问话回答，“昨天下午四点多下的飞机，今天直接过来公司，现在暂时住在酒店里。”他告诉我一个酒店的名字，倒是离公司不远，步行五分钟的路程。我有些惊讶，不明白为什么他回到自小生长的城市里却还要住酒店，但仔细想想又觉得没什么值得意外的，毕竟从高中毕业我们就再没见过，这么多年，发生什么都有可能，我还没表示疑问，就听他继续说道："那件事结束之后我父母就离开了这座城市，不过老房子还在，只是这几年一直空着，我昨天去大致看了看，可能需要重新装修才能住人，所以打算等公司这边安顿下来，先找一个短租的房子住上一段时间。"

我心中感到一种不知从何而来的安心感，但我无视了这种感觉，只一心帮他考虑着具体的事务。确实如此，房子需要维修，重装再通风放置，怎样都要几个月的时间，我们公司的办公地址算得上是很市中心了，他住的又是星级酒店，价格自然不低，长住确实不太现实，我于是终于有了身为一个常住人口派得上用场的错觉，说道："找房子的事我或许能帮上些忙，不久前我刚刚帮朋友找过房子，认识了个难得靠谱的中介，他应该能帮你找到合适的住处。"

"当然再好不过。"他给我一个感谢的微笑，欣然接受。我让他列下对房子的需求和预算，他给出了明确而基本的部分，其他则随我的建议。我心里很快有了概念，把内容稍加编辑，整理成信息发给了王川，邵宇哲预算充足，应该很容易就能找到符合需求的地方。

"如果需要装修设计就更简单了，我们经常布展，有很多合作公司，就算没有家装方面的业务也多少有些这方面的渠道，至少和我们合作的公司，品位可以有保证。"这方面的话题显然对我来说要更加容易应付得多，我一边半自语地把想法说出来，一边低头快速地编写着信息。他没有说话，只安静地喝着酒，我突然有些拿不准他的想法，于是抬头看他，却看到他脸上一闪而逝纵容的表情，唯有唇边的笑像是夜晚的湖面，深沉而静谧，我的心脏不由自主地剧烈跳动起来，只能慌张地移开视线，看了看腕表，时间过得简直慢得不符合物理定律。

“总在看时间，是家里有人在等你？”他突然问。

“嗯？”我一时没明白他的意思，明白过来却又有些不知该怎么回答，不是因为和唐磊那个提都不想提的约定，而是因为这个问题本身，像是烟尘一样在我的意识深处扬起了一丝小小的不甘，又或许只是因为提问的人是他。我让自己无视了这丝不甘，只含糊地摇了摇头，“他们疯起来没完，明天还要上班，我得看着时间差不多的时候就该让他们散了。”

“那么有人在家等你吗？”他却在这个问题上问了下去，脸上是一种半开玩笑半是认真的样子。

我于是对自己生起气来，这不过是一个多年不见的朋友，寒暄般随意地询问近况，我却因为惯性的意识过剩而萌生出那么多幼稚慌张与不甘……对自己生着气，但怒意上来又实在觉得有些傻得好笑。

我就真的笑了起来，放弃和自己的对抗，学着他那种半开玩笑半认真的样子，故意地说：“早上走的时候倒是有一个，不过等一会儿回去就不知道还在不在了。”

他果然挑眉，露出困惑的表情，我没有解释，只是把问题丢还给他："那么你呢，突然就决定回国发展，你女朋友……还是说……妻子，怎么办？"

他轻轻眯了一下眼睛，苦恼着摇了摇头："哪里有女朋友。"

我有些意外，想问他却又有一点抵触着不想深究他的感情经历，只是假装恍然大悟的样子："我知道了，出去才发现还是我们自己家的姑娘好，"我夸张地给了他一个怀疑的目光，"难不成这就是你回来发展的原因？"

"可能也有这个因素。"他顺着我说，一脸好笑，看我还要怎么演的样子。

"那千万不要让唐磊知道，"我坚定地说，"他到现在还以为是他用个人魅力把你征服回来的，这个残酷的事实我们要保留到下一次需要伤害他的时候。"

这回他真的笑出声来，我也没绷住，和他一起笑了出来。他的笑声低沉而温暖，以一种独有的方式，和我心底那些沉淀的记忆产生了共鸣，我突然觉得一直以来面对他时的那种不知所措，像是惯性终于冲到尽头，触摸到了平静和坦率。

"放心吧，"我坦率地对他说，"相信我，你人气已经很高了，一定会遇上合适的。"

"借你吉言。"他带着缓和下来的笑意，看着我说。

"好了，"我作为总结地最后一次看表，然后从吧台的高脚椅上下来，"时间真的差不多了，新来的上司大人，你现在要去通知你的下属，不要影响明天的工作了。"

"听起来这个新来的上司不太讨人喜欢。"他没有动，挑了挑眉说。

“上司都讨人厌。”我直言，把他从高脚椅上推下来，“这是宿命，不过作为补偿，我可以顺路开车送你回去。”

第二章

生鲜蔬果和小咸菜

只有他的样子是鲜明的，
把其他人突然就变成了芸芸众生。

开车顺路送他回家是真的顺路，这个提议我之所以能说得这么熟练而顺畅，完全是因为算上邵先生，今天晚上我总共要顺回去三个人，他不过是刚好最后一站而已。

这个城市说小不小，说大也不算很大，送完另外两个同事，距离邵宇哲的酒店还有一小段路程。一旦放开了意识过剩的部分，我还算是个不错的谈话对象，最后一程和他聊聊工作，八卦八卦同事尤其是老板，等把唐总的那点儿形象抖落完了也就差不多了，等我送他回去，再踏进自己家门的时候刚好十点半。

我看着沙发上的人。

沙发上的人看着电视机。

电视机连接着游戏机。

“所以你和唐磊分手了？”我把钥匙挂在门边的挂钩上，按照约定给邵宇哲发了一条安全到家的消息，才走进卧室，一边准备洗澡一边不怎么关心地询问，“场面激烈吗？我的工作还在吗？”

“按照你现在这种表现继续下去，没准很快就能升职了。”纪安盘腿坐在客厅的沙发上，盯着电视机无波无澜地说，脸上的表情也无波无澜的，仿佛游戏画面里的血腥屠杀跟她一毛钱关系也没有。

“咦？既然你们没有分手，那你怎么还赖在我这儿？”我卸了半面妆，从浴室里探出头来，“他是终于打定主意要和我交换房子，现在正在家里收拾行李了吗？”我故意做出憧憬又期盼的姿势，“自从他追到你以后我就以为不会有这样的机会了，”说起来那个搞定目标必须得先搞定她朋友的美好受贿时光真是一去不复返，我向往地感慨，“……所以我终于可以去住他那个广袤无边上下三层还附带一个游泳池的豪宅了？”

想想还真是有点小激动呢。

纪安仍旧是那副无动于衷的样子，无波无澜地开口：“他说太阳落山了还待在女下属家里，老婆会生气的，就回去了。”

……这马屁拍得真不要脸。我立刻缩回去继续卸妆。

“那他老婆在暧昧对象家过夜，他自己不生气？”毕竟安当着唐磊的面说出那句“我们不当情侣太浪费”的名句时就坐在同一个沙发同一个位置，而且这位主角一个月起码要说上三五十次，实在很难一转场景就撇出一身的清白。

以及说唐磊面子大收起来困难的我，真是既没有看人的能力也白认识他俩一场了。

“我对你的感情岂是他敢置喙的，”安不屑地哼出来一声，“他是备胎。”

……甜言蜜语来得太突然，我竟无法招架。

我无法招架地去洗澡了。

“所以你们晚上吃的什么？”我洗完澡，一边擦着头发上的水一边打开冰箱门。这只是个习惯性的动作，毕竟从出差回来到现在一直没有时间采购，冰箱里哪还见得到新鲜食材，有些小咸菜都算是富裕的了。我甚至在开冰箱前就好好地吸了一口气准备哀叹，吃了半个多月的外食，明天中午真想自己带……咦？

冰箱仿佛在过年。

“出去吃的，”安还在四平八稳地捏着手柄，但痛下杀手的时机又准得让人心生怀疑，“回来的时候顺路去了趟超市……唐磊想问你明天做便当吗？”

我没有回答她，拨开一丛又一丛的生鲜蔬果，上下挖了挖。

“他拿走了我腌的小咸菜。”我冷静理智地说。

安终于绷不住了，默默地放下游戏手柄。

“所以你新来的上司就是我们高中的那个邵宇哲？”她抢先发难，试图分散我的注意力。

“所以都叫上老婆了，这么说你是答应了唐磊的求婚？”我自然不甘示弱，轻易拆穿她的企图。

“你在心虚什么？”

“你在回避什么？”

……真是健康的朋友关系。

我溜溜达达地晃到客厅，把吹风机扔给她，丢了个垫子就往她前面的地板上一坐，靠着她的腿深深地打了个呵欠。安自愿自觉地帮我吹起头发，她的手指白嫩修长，随着吹风机里的暖风一起，力度恰到好处地揉过我的头皮，简直舒服得恨不得枪毙了唐磊。

安从我幼儿园认识她的时候开始就是个洋娃娃一样的小美人，一路毫无悬念长成个女神一样的大美人。她骨骼修长，眉眼间先天有一种柔弱的东西，原本可以顺利地不食人间烟火，偏偏自强不息，热爱搏击，认为人生最大的敌人就是自己，活生生把柔弱升级成了柔韧。

她吹干我的头发，厚积薄发，把吹风机往后一扔，就卡住了我的脖子，在我耳边咬着字说道："我听说你见到邵宇哲的时候表现得很是心虚啊，虚得唐磊连我的存在都没敢提，就怕有什么连仇带恨的。说，你是不是对他做了什么我不知道的事？"

唐磊这护老婆护得也太具体了吧！

我早就困得不成样了，吹风机这么暖洋洋地一烘，已经愉快地打起瞌睡了，她突然一个锁喉，我差点灵魂出窍再也见不到观众朋友们了。

"那唐磊有没有告诉你他现在帅成什么样了，"我连咳带喘地好不容易把自己码顺了，"又帅又是我上司，同学混成这样，我连个妆都来不及补，我也是有自尊心的人！"

真相！表层的真相也是真相！

"你当我傻吗？"她手脚并用地挂住我，慢慢收紧。这姿势太专业，我只有选择放弃抵抗的份儿，听她贴着我耳朵磨牙，"我们从小到大，睡过一张床的关系，我还不了解你是什么人？你会给我在乎这种肤浅的东西？"

简直反驳得太有道理……不要在这种时刻还在夸我啊喂！

真是一生的挚友……

“你才不傻呢，你就是想回避讨论求婚的事。”一生的挚友啊我们彼此彼此，你了解我我也了解你啊，反正我们俩逃避精神半斤八两，我豁出去了。

她果真无言以对。

所以已然说出来的事终归是要更加难以当作一点没发生，这也是当初我选择不告诉任何人的原因之一……安终于在我断气之前慢慢地松开了手，惨败地瘫倒在了沙发上。

我看着她，有点于心不忍，拿起掉在一边的手柄，把游戏调成双人对战模式后丢给她，然后自己也找了一个手柄，才坐在她旁边说：“我说你干吗那么不想跟唐磊结婚，你们现在除了扯张证跟已婚有什么差别？”我想了想，隐隐觉得情节发展到这一步似乎有段现成的话可以用，我把声线降到《动物世界》旁白的音色，低沉地说，“唐总也算是年轻有为，一表人才了，虽然在遇见你之前是有过那么段年少轻狂风流不羁的往事，但自从认识你以后，他的眼睛就没从你身上移开过，这样也算得上是感情专一了，像他这样的男人……哎哎哎哎？”

我的角色因废话太多被干掉了。

“除了扯张证跟已婚没什么差别，那要那张证干什么？”安若无其事得仿佛没有在刚刚杀了一个人一样，只是淡定地重新开了一局，“不是说我对他的感情还没有达到可以给他一个承诺的程度。”当然，事到如今如果我还会质疑他俩这放在火里没准能烧出颗金刚石来的感情的坚固程度的话，那我不仅仅是白认识他俩，连双商也堪忧了。我没有说话，只是听安继续，她咧了咧嘴角，露出个像是牙痛一样的表情，说道："我只是，你知道，对婚姻没什么好感。"

我知道。我和安一起长大，彼此家里的情况没谁比我们自己更清楚的了。安的爸妈从她小一直吵到她大，用足够长的时间给安造成了面积足够大的心理阴影。我一路陪她走过来，有时候想想能在这种环境下长成这样一个自强不息大开大合的人，纪安小朋友也算是天赋异禀……

不过话又说回来，其实安爸安妈都不是什么坏人，各自对安也都很好，只是一个太固执，一个太好强，相爱时爱得死去活来，相恨时仿佛全世界唯有对方不能容下，再加上一点普通人的软弱和自私，就这样用"为了孩子"的万能借口一直拖拉到安考上大学，才终于把婚离了。不知是因为终于从对方手上解脱出来于是心平气和还是因为什么新生活新气象的神秘心理，两人离婚后反而相处融洽起来，在各自过着自己生活的基础上生成了一种像是朋友又像是家人的关系。这件事安不明白，我也不太明白，但是安提也不想提，我于是也就提也不提。

"我觉得恋爱跟婚姻是完全不一样的东西。"安长叹了一口，像是卡通里的角色一样从沙发滑落到地板，也从记忆中不好的那个部分脱离开，她有点无精打采地说，"恋爱只要两个人在一起开心就好，但婚姻……我不知道，大概更像是某种被定义过的东西，家庭，责任，共同体，社会认知……说不清楚，我觉得这应该不是状态上的问题，是心理上的问题。”

“干吗，你谈恋爱就可以不对人家负责了吗？”我了解安，她一直都不擅长处理细腻的感情，相比小心翼翼的安慰，这种故意扭曲她意思的玩笑态度会更容易让她好过一些，我开玩笑地说，“难怪唐老板跟你在一起没有安全感。”

没有良苦用心应得的感恩，我的新角色被揍得我都快辨识不出来了。

“他哪里没有安全感……”偏偏施暴者还一脸的愤愤不平，“他不是一天到晚说自己年轻有为一表人才感情专一……”

“对，这就是没有安全感的表现。”才会像求偶的鸟儿一样拼命显摆他那几根破羽毛，我斜眼看安，她皱着眉，但表情比起刚刚要轻松许多，我不怎么认真地抱怨道，“不过话又说回来，作为一个从来没有谈过恋爱的人，为什么我永远都是给你们疏导感情的那个……”虽然多半的疏导行为也就只是递递面巾纸而已，“是因为我不谈恋爱就被你们默认为比较有空吗？”

“是因为你不谈恋爱，所以浑身散发着理性的光辉吧，”她想都没想，抬脸用一种无辜的几乎闪出金色光芒的表情看着我，“而且还受制于人物设定，不得不充满感性的温柔，也就是说你会暖处理我们的矫情。”

……这日子简直没法过了。

“我也可以抛弃人物设定的。”我婉转地示意。

我的角色被婉转地血洗了一屏。

“其实你可以和唐磊好好谈谈的，”我和我的角色一样，心如死灰，“我觉得只要你愿意和他在一起，唐总向来不是在乎形式的人。但是尖叫一声夺门而出这个反应确实是有点……嗯，吓人。”不知道求婚的时候唐磊有没有单膝跪地，我想象着安逃跑之后他保持姿势半跪在那里石化的样子，石化了大概三个小时，然后缓缓倒在冰冷的地板上，抱着膝盖，在黑暗中瞪着布满血丝的双眼蜷缩一夜……唐总一身霸道男主角设定，真是让人忍不住就想给他加伤害。

“我就是不知道该说什么，”安把脸埋在手心里，“在这之前我从来没有考虑过结婚的事，但就像你说的，我们现在除了那张证，跟已婚也没什么差别了。可是，如果其实什么也不会改变呢？如果什么也不会改变，我们却困在这些自扰之中一直这样下去，等到我们老了，有一天他中风倒下，躺在ICU里，我想要陪着他，像以往走过最艰难岁月时那样，但医生把我拦住，告诉我非配偶直系亲属不得入内，我在门口哭得撕心裂肺才发现我因为没有那张证，错失了和他走完一生的机会呢？”

“……虽然不知道该说什么才好……但我确定我很早之前听说过这个事情……在某本老牌鸡汤杂志上……”我怀疑地看着她，“而且好像还不是这么讲的……”

“但是，不是还有更多这样的事吗？”她已经完全深陷入自己幻想的场景里了，“无数的例子，两个人在一起十好几年，终于决定结婚，结果不到三个月就宣布离婚……”

“你们在一起还不到三年……”

“领证以后到底会发生什么，”她恐惧地看着我，“解除什么封印吗？”

“我不知道，”我已经可以体会到在夺门而出之前她脑内翻腾过什么了……我望了望天，这件事真是太为难我了，“我在谈恋爱这个部分就已经跟不上进度了……”

她终于收敛了神经质的想象，一副不知所措的样子。

“所以说到底，你只是害怕和他分开而已。”我想了想唐磊的临终画面，还有什么他们共同走过最艰难的岁月，虽然实在不合时宜，但没什么能阻止我笑出声来……好歹尽力做到了没笑得很大声。

“太没出息了？”她表情复杂地看着我。

“没出息的通常不是感情的程度，而是对待感情的方式，”我笑完了，伸手拍拍她的脑袋，“从这个层面上来说，能如此投入地去经历一段感情，其实还挺让人羡慕的。”

“在感情的事上，我真的对自己没有信心。”她难过地说。

“谁都会对自己不知道的事情感到茫然的，”我叹口气，也只能说到这个程度了，“反正你们还年轻，还有很多时间去搞清楚。想想你从这里搬去和他住的时候，这么艰难你不是也扛过来了，最坏不过是你再搬回来和我住，能有多糟，”我也滑下沙发，跟她并排瘫在地板上，“而且我可以保证按照市值收你房租水电伙食费，绝对的公事公办。”

她终于笑出声来，偏头靠在我的肩膀上，像小狗狗一样拱了拱，叫道：“暖暖……”

“嗯？”

“如果求婚的是你就好了，我绝对一秒都不多等直接拉着你去领证……”

我替唐磊吐她一脸的血。

她完全没感受到我喉咙里那口一想到是为了唐磊就觉得吐出来实在不值的血，继续用那种浅浅的声音说：“暖暖，你怎么都二十五了还没有男朋友？”

……是说这种台词的时候吗，不要因为已经变成了设定就要强行往对话里面插！

不过我也多少习惯了，能说出这句话说明她基本已经没什么大事了，这就相当于结束语，接下来我只要看情况拿手边的面巾纸捂死她就行了。

我摆弄了两下手上的游戏手柄，旧的那局早就已经结束了，却没有开新的。

“所以是什么感觉，”我轻声问安，“和那个人在一起的感觉，和那个对的人，相互投入地去经历一段感情的感觉。”

“唐磊吗？”她的声音从我肩膀上飘过来，认真思索着，“很难形容，但又觉得简单得要命，认识他之前我从来不知道喜欢一个人可以这么简单，就只是喜欢而已，然后其他人突然就变成了芸芸众生，看起来都一样，灰蒙蒙地存在着，而在这些灰蒙蒙的色块里，只有他的样子是鲜明的。”

我目视前方想了一会儿……

“有点恶心的感觉……”我说。

“说不清楚，”她收住了，深感遗憾无法表达得更加恶心的样子，才转脸问我，“你怎么突然问这个？”

然后在我用准备好的答案含糊应付之前，她突然把唇形抿出两个半圆的波折，像一只偷偷舔了鱼的猫，仿佛在此之前她所有的沮丧和不确定完全就是个幻觉。她换了个姿势，爬起来跪坐在我的面前，兴致盎然地说：“你难道终于动了那份心思了？莫非是邵宇哲的缘故吗？是邵宇哲的缘故吧？”

我默默往一边倾斜，斜向远离她的方向，掩饰着那份心虚，什么叫作动了那份心思……我以前又不是没有问过这类问题，虽然只是为了吐槽，但也没见过她流露出这种反应……难道太明显被她发现了？

“其实我有件事没有告诉你，”她画风一变，顺着我远离的方向靠了过来，“我还在想要怎样跟你说你才不会生气……但既然你有这样的想法了，那就是一举两得的好事了……”

我收回心虚的情感，觉得她说的跟我想的可能不是一回事儿。

“什么东西一举两得……”我用纯防备的情绪看着她，“你做了什么？”

“我答应唐磊的求婚了，”她弯着嘴角看我的反应，眼神犀利，“前提是我们一起举办婚礼。”

“……们？”我重复了一下。

“你，”她指了指我，“我，”又指了指自己，“还有阿墨和罗林，”她随便选了一个方向，指了指我们那两个不在现场的生死之交二三。

“……们？”我强调了一下。

“考虑到阿墨和肖远，罗林和江晨……所以是的，基本上只有你。”

这回轮到我四肢挂着她锁喉了。

她轻松破解我为零的战斗力，我的脸经过一阵行云流水的翻转之后被埋进了沙发里。我心情复杂地回想十几个小时前我似乎是为了优质睡眠而和唐磊达成的那个十点之前不回家的交易，感觉自己真是给自己挖了一个深远的坑，想吐槽都摸不到边际。

我消沉了一会儿，说道：“今天你睡客房，你男人明天没有便当蹭。”

果断宣判，睡了。

关灯前捞过手机最后看了一眼，在我汇报平安到家的那条消息下面，躺着一条邵宇哲的回复：

“等你的那个人还在吗？”

我终于失去了支撑的力量，把脸埋进枕头里，发出一阵痛苦而无声的呻吟。

……把其他人都变成了芸芸众生吗……

究竟还要悲惨到什么程度……

第二天早上艰难起床，倒不是因为睡眠不足，而是因为实在不愿离开对我友好的被窝去面对槽点满盈的现实，虽然按照通常情节来说这里应该有一个哭着——不，暂时还达不到这种情感的深度，但至少也应该是一夜无眠到天亮的情节，但是没有，成年人的世界就是这么的没用。毕竟，第一，年纪大了不再具备熬夜的能力。第二，我确实是太困了……于是连自己也没想到的，昨天晚上在痛苦呻吟结束后我就直接保持那个闷在枕头里的姿势睡着了……并且直接一觉睡到了闹钟响。我盯着手机上停留在昨天晚上的那个问题思考了一会儿，决定时效过去的问题就让它过去吧，有些事放着不管它自己也能挺下来的。

起身时半边的床铺翻腾出一个微弱的波浪，果然是不知什么时候又摸到我床上的安，露着一截白嫩的后腰小心地趴在我旁边，像是某种野生小动物。我内心感到一阵无语，却也只好认命地帮她把睡衣拉下来，盖好被子，然后妥当地收拾好自己，临走之前还习惯性地帮床上的人留了起床后的食物—— 一条从橱柜里拖出来的，已经不记得什么时候买的法棍。我可是翻找了半天才发现这神秘储备，走心得连自己的早点都没时间准备。

然后苦命地去上班。

与我这个朝九晚五给人打工的人不同，安是自己开店当老板，在 CBD 附近经营一家日式料理店，离我们公司大约步行十分钟的距离。我们几个朋友，虽然没干什么合伙的事但都算是合伙的人，只在一开始的时候微不足道地出了些钱和力。总之，说来说去都属于创业史说多了都是泪不提也罢的范畴。

安虽然对食物有着精细的敏感，自己却没有驾驭食物的技能……说白了就是很会吃、很会评但就是不会做。不过这倒是无关紧要，老板只要懂经营会用人就可以了，再加上她做事大胆精力充沛脑子快行动力又强，小店不但维持了下来，盈利居然也一年比一年能看。前段时间她刚把店面重新装修了一番，忙得昏天暗地，这两天终于当上放纵老板，只等着到日子重新开张。于是现在她每天想什么时候起床就什么时候起床，想不起就不起，整个人已然化作一摊。

宛若昨日时光重现，当我再一次一大清早到达公司，再一次连坐都没坐下就被召唤进总经理办公室，再一次足足十五分钟没有说话。但是，不幸的是，没有再一次的挫败和沮丧，唐老板器宇轩昂地端坐在他的王座之上，就算坚定得再发自内心的唯物主义无神论者也能看到他背后那朵普照世人的圣光，亮得整幢楼的无辜群众都要瞎了。

十五分钟后我开始面无表情地吃他办公桌上秘书小姐为他准备的早点——再一次的合情合理，毕竟平时给他准备早餐的人现在还睡在我的床上。

唐总还是不说话，一脸关怀民间疾苦的表情含笑看着我吃完。我没有忍住那个完全没有必要忍住的白眼，然后象征性地拎起并不存在的裙摆，冷漠地屈了屈膝，说："我吃完了，早安也请过了，没别的事小的就下去干活了。"

唐磊终于站起身来，像一盏人形探照灯一样指引着迷途的羔羊，他绕过桌子走到我的面前，伸手拍了拍我的肩膀，语重心长地说："好啊，多吃点，想吃什么尽管说，人就是要吃饱了才有力气容光焕发。"

有没有力气还不好说，反正戾气是已经突破天际了。

但不幸的是小职员的戾气就算突破天际也到达不了大老板的楼层，唐磊还在扬扬得意地发散着他多余的光和热，说道："你和邵宇哲的事情我已经听安说了，”连我自己都不知道发生了什么事，也不是很想知道，唐磊还在一旁继续多余地说着，“虽然我一直知道我的决策总是英明的，但是把邵宇哲挖回来这件事，就连我自己也没想到能英明到这种程度。”

我面无表情地鼓了鼓掌。

“那安有没有顺便跟您说我今天中午打算出去吃，没有做便当，”我面无表情地说，“还有您家准糟糠在我那里叨扰了两个晚上了，您打算什么时候接她回家。”

“她想去哪里就去哪里，我无权干涉她的自由。”唐总不愧是当老板的人，这么不要脸的话说来就来一点障碍都没有，“不过午餐的事不用为我担心，安说她中午会去一趟店里，到时候顺便过来，我和她一起随便找个地方吃点儿，怎么样，要不叫上邵宇哲，我们四个人来个临时的 Double Date？”

先上升到 Date 再说 Double 的事儿好吗，而且谁为你担心了？！

我想吃我的小咸菜把我的小咸菜还给我！！

“容我刚刚想起来，”我现在只想离这些八点档远一点，于是使劲儿想了想，突然发现自己这个班上得未免也太努力了点吧，居然连个滞后的工作都没有，我绞尽脑汁用力地说，“我刚刚想起来夏阳那里有个项目策划书拜托我帮忙修改一下，”其实没有，“我中午还是叫外卖好了。”

唐磊冲我露出个这情绪闹得也太明显了的表情。

我无视了他。

“说到这个，”唐老板换了个语气，随意地往办公桌上一靠，“陈乔打电话跟我投诉你了。”

我有点惊讶。

陈乔就是我这次出差半个多月去伺候的甲方，一个能力值全点在攀关系搞经营上的所谓的设计师。虽然我回来还没几天，但我们告别时他发表的言论还言犹在耳，我本以为他第一时间就会打电话给唐磊，没想到居然等到现在才投诉……也不知道我们对话中到底是哪个部分让唐老板想起这件事的，但总算可喜可贺唐老板终于决定在工作时间讨论点工作上的事了。

我自然要顺流而下。

“如果他写感谢信给我，我反倒是要对自己的人品产生怀疑了，”我完全没必要委婉地说，被一个抄袭起家，用偷来的设计参展，花钱买履历，还觉得自己是靠智慧取胜的人欣赏，我非得质疑人生不可，“他让你开除我了吗？”

唐磊笑出声来：“别担心，我又把你聘回来了。”他看着我，停了停才说，“不过一码归一码，这件事确实有点麻烦，他现在想把责任推在你身上，打算拉我们下水，而且毫无疑问是有备而来的。”

我皱了皱眉，琢磨着这里面可能有的坑，陈乔偷了对家的设计，却不知道那是对方给他挖的坑，出事之后想把责任推到给他布展的我们身上，这样跨行业的推卸难度确实得有备而来才能把故事编圆了。但是话又说回来，这个项目完全是唐磊的人情官司罗圈债，我也是三生不幸蒙总经理信任，才倒霉摊上，到底发生了什么唐磊不可能不知道。

……说好的我尽管应付有唐老板在后面兜着底呢？

“我把手上的往来邮件和相关资料整理一下，和法务部研究研究。”我当然不会翻这种旧话给唐老板难看，只是已经可以预见到自己接下来凶残加班的画面了，但这件事也不是完全没有头绪，毕竟知道对方心术不正，打起交道来自然连标点符号都要防备，这也是这个项目让我尤其累的原因。

“不，这件事邵宇哲会去处理的，”我还在脑子里认真梳理接下来要做的事，唐磊反而用一种有点好笑的语气看着我说，“他告诉我他和 Alpha Studio 的人很熟，你知道，就是陈乔不止一次打擦边球抄袭的那个工作室，他打算去和欧阳路方谈一谈，看看能不能给两边牵上线，让欧阳和 A.S 合作，如果欧阳能拿到 A.S 中国区的代理授权，事情就简单多了，再加上他们给陈乔挖的那个偷设计参展的坑，邵宇哲说他打算再往深里挖一挖，估计陈乔就算能扛过诉讼，恐怕也得另谋生路了。”

我怀疑地看着唐磊，考虑这件事的可行性……完全就是以暴制暴的路线，非常具有可行性。

而且什么叫作把坑再往深里挖一挖，真是没想到啊邵宇哲同志。顶着一张纯良的脸，这么多年过去了，居然也学会在更新人设的边缘试探了。

……想想还是挺让人心动的人设。

“所以……需要我做什么，”我比画了一下说，“盯着业务部在陈乔破产之前尽快结清尾款？”

“我需要你体会一下这件事。”唐总摆出了年会例行回顾过去展望未来时的固有姿势，接下来就要开始胡说八道了，“怎么样，人家可是轻松帮你……帮公司解决这么大一个麻烦，长得帅，能力强，人脉又广，还是我看上的人，可以说是行业认定的优秀青年了。”

我的眼睛立刻就眯起来了。

“唐总。”我最终冷静地开口。

“嗯？”

“还以为你终于决定在工作时间讨论点工作上的事，是我错怪你了。”

转身离场。

说了半天还是没绕出去我的感情问题，情节凑得如此生硬，完全是在浪费字数。

回座位的时候路过邵宇哲的办公室，我隔着玻璃门看他，他刚好抬起头，看到我看着他，就露出一个笑，用口型无声地给出一个早上好的问候。

……可怜的男人，被唐老板盯上的日子是没有安宁的，我就是活生生的例子，活生生的例子向他投以同情的目光。

第三章

腌萝卜与糖醋鱼片

有时候不厌其精地去做某件自己喜欢的事，

就会有种生活真美好的感觉。

周五下午唐老板居然破天荒放我早退，虽然我一早连公司都没去就直接到客户那里开讨论会，开了大半天，散会时间四舍五入一下就差不多是下班时间，本来就没打算回公司。反正根据商讨的意见修改计划书这种事只要工作电脑傍身哪儿都能做，但是唐老板居然还亲自打了个电话给我，特意交代让我完事儿直接回家。作为一个底层员工被大领导关心得如此具体，还真是看不出来有什么可疑之处呢——我都惊悚地以为这位年度老板终于狠下杀手让我以找男朋友为主打业务了，然而唐总却只是交代了两句不紧不要的公事然后就挂了电话。

这个星期被纪安同学搅和过去了一大半，最后还是自称“她想去哪里就去哪里，我无权干涉她的自由”的唐先生忍无可忍头朝下把她扛回去的，发自内心地讲，我是真的愿意相信是他唐磊妻债夫还终于有良心了一回。

然而当我在家修改计划书修改得兢兢业业，刚偷空思考下晚上吃点什么的时候，门铃声响，一开门就看到我司良心发现的唐总，正拎着大包小包一看就知道又是满汉全席的食物原材料，摇着尾巴跟在纪安身后，而后者正以一个灿烂到盯久了眼睛都会痛的笑容出现在我面前。在他们身后，还跟着两个人，我辨认出那是余墨和肖远。

“惊喜……下个月的聚会，提前召开，耶！”安打头阵，开心地蹿入，走位充满了练家子的敏捷。她眨着水灵灵的大眼睛，一蹦一跳地过来，小鸟依人地锁住我所有可能跟关上门有关的举动，以掩护后方人员鱼贯进入。

这套动作实在多余，毕竟我全部的举动也就只有内心的猛烈吐槽而已。

……聚会这个事情是有典故的。

自从不知道哪个变态在一本星象书上写下“巨蟹座的人都是潜在的料理高手”这样一句话，又不小心被我这群损友瞄到以后，一群人一有机会就觍着脸跑我这里来蹭饭。尤其是安同学，中饱私囊就算了，还拖家带口的，结果活生生把我逼成了料理高手。

星象书上写写什么温柔顾家、善良体贴这种好听又随便怎样都对得上的东西就算了，为什么突然跑出来会做饭这么具体的项目？

……就不能等到星期六吗？！

“如果我没记错的话，离说好的下次聚会还有十九天，”我冷静理智地把她从身上像撕牛皮糖一样地撕下来，放到一边，冷静地指出，“而且上次就是在我家。”

“所以才叫作惊喜啊。”跟在唐磊身后的余墨也走了进来，她微微抿着唇角，冲我露出一个温柔无害……才怪咧的微笑。肖远则站在她身后，一手拎着水果和饮料，一手揽着她的腰，温和又歉意地对我笑笑。

“没错，所以暖暖你就快去做饭吧，饿死我了，你不知道今天开了一天的会，午饭都是直接送进会议室的，这破公司……要整改，必须整改。”唐磊的声音由强变弱，从门口到厨房，洒了一路。他把东西放在料理台上，自动自觉地拉开冰箱门想找东西吃，哼哼，他只能看到他自己造成的那一冰箱的蔬果丛林……不对!

还有我新腌的小咸菜!

我低头思量着把这堆人踢出去然后回房睡觉的可能性，但评估到安的部分工作就结束了。她正拉着肖远开游戏机对战，要挽回上一次聚会时被肖远打得一面倒的败绩，考虑到她一个人我都踢不动，其他人也就别想了，我还是直接忽略他们回房间睡觉好了。

正想着默默退下，门铃再一次响起，我第一反应是——莫非所谓惊喜指的是……罗林回来了?

自从罗林为了追寻真爱各大洲地乱窜加入时差党的行列以后，我们原四人组已经有两年多的时间处于凑麻将三缺一打游戏又多一个的不幸状态了，只能偶尔找一个第三方的中立时间online 一下，守着尸体聊聊天什么的，很是艰难，如果是罗林回来了，那这个惊喜的部分我就认了。

但是没理由只给我一个人惊喜啊?

我疑惑地看向监控器的视窗。

邵宇哲。

冷静理智如我，冷静理智如我，就愣在那里了。

连我的心跳也一并愣住了……

满脑子都是早知道……

……就不卸妆了。

再回过神来的时候我已经冷静理智地站在厨房里了，并且完全不记得是怎么进来的，真是教科书般的冷静理智。

还有唐磊眨过来的那个意义不明——或者说我不想明白的眼神。

而且小咸菜不知道怎么的也已经回到了我的手上。

我忧伤地拿起一片嚼嚼嚼。

“我来帮忙。”邵宇哲挽着袖子走了进来，我把视线平移向他，就看见他脱了西装外套，取了领带，领口的扣子也解开了两颗。衬衫质地优良，熨帖地穿在他身上，衬出身体紧实的线条，就连褶皱也如此地恰如其分。他摘下我挂在一旁的那条浅咖色格子围裙，系在腰上，洗了洗手，等着我告诉他需要做什么。他微微含着笑意，整个人在厨房的暖光灯下看起来放松又舒适，不同于在酒吧那时的放松，而是有种居家男人的温暖。

……还真是知道巨蟹座的女人爱看什么啊……

我痴呆地伸出手，问：“……你要吃腌萝卜吗？”

“看起来不错。”他自然地接过我手上的小咸菜，直接用手指夹了一片放进嘴里，随即挑了挑眉，“唔，真不错。”

我感到对话终于涉及一个我熟悉的领域，自行得意地说：

“吃饭之前尝一尝就好，不然会吃得停不下来的。”我完全相信他这种反应绝对不是在跟我客气，只要关系到我做饭的手艺，我立刻就精神焕发起来，“这是上次我们去海南玩的时候，一家小饭馆的老板娘教给我的。做起来特别简单，而且从做到吃也很快，你自己有心情的话也可以尝试做一点。只要将白萝卜洗净切片，先用盐腌四个小时，倒掉水，再用糖腌四个小时，再倒掉水，加上味极鲜酱油和白醋就可以吃了，味道酸甜可口，相当清爽。当然腌得久一点更好吃，比如说被唐磊抢走的那个批次，就特别的好吃。”

我一边忙上忙下，一边由认真教腌小咸菜到愤愤投诉唐磊和安那对雌雄大盗的可耻行为，碎碎念地说了一大堆，就好像我们之间没有那几年的距离，依然是熟稔的朋友，什么都可以说，无所顾忌。

所以当我意识到自己这副素面朝天一边做饭一边自顾自地唠叨的形象实在有些不妙啊的时候已经完全不知道该怎么停下来了，然而他只是站在那里，托着我放小咸菜的密封玻璃容器，笑笑地看着我，好像我絮絮叨叨的吐槽真的很好笑一样。眼波温柔，让人沉溺。

我老脸一红，终于停了下来说道：“……那个……不用帮忙的，你和他们一起玩儿吧，很快就能开饭了。”这个形象真是越发的不妙了啊，我有点窘迫，也终于想起来他是来干吗的了。

毕竟不太习惯，我周围这么有良心会来帮忙的人实在是，嗯，没有。

话又说回来，事到如今我在他面前也没什么形象好需要维护的了。大家都是朋友，我在唐磊、肖远他们面前不是常年这个样子也没觉得有什么不妥吗？！

真是懂得如何自暴自弃地安慰自己啊……我。

不过也多亏了这一干朋友连带家属时不时地给我突击惊喜，我才能始终保持警惕，家里干净整齐不说，当然也没有什么手忙脚乱藏不住的东西，和平年代居安思危啊观众朋友们。

“你们感情真好。”他拉开冰箱，帮我把小咸菜藏好。在看到内容物的时候他也被里面那仿佛过年一样的磅礴气氛震撼了一下，但他很快就处理好了，还从里面挑出来一些用得上的材料。

“在一起的时间太久了吧。”我的目光追随着他，看他拿着需要处理的食材走到水池那边，熟练地帮我择菜清洗，丝毫没有客气和拘谨，越发觉得这位好同志果然是诚心来帮忙的……

我欣赏了一会儿这番景象，才意识到他在忙而我就只是这样看着而已，于是默默地加入进去。我拿起他洗好的藕段切丁、焯水，说道：“我和安是发小，这你是知道的，加上阿墨和那位现在正在荷兰追真爱的罗林，我们四个又是大学里的室友，至于唐磊、肖远和那位真爱江晨都是白送的，也没的挑，只能勉为其难地收下了。”

“听起来倒像是家人一样了。”他语气中肯地评价。

我想着他的话，偏头看客厅里那堆根本不像是成年人的家伙。安正在哀号着让唐磊为她报仇，看来是仍保败绩不变，而唐磊正剥了橘子哄她，指天发誓要跟肖远放学后学校后门约架。肖远生性沉稳内敛，除非必要几乎不怎么开口，只是赢了会微笑地看向阿墨，轻轻挑起半边眉毛。阿墨不喜欢凑热闹，总是坐在肖远身边一个不远不近的距离，翻我随手扔在某个角落里胡乱抄写的食谱，只有在肖远看过来的时候像是有所感应一样地抬头，回给他一个“打到他哭”的默契微笑。

我不由自主地咧了咧嘴。

“这什么家人啊，一帮熊孩子太不让人省心了……”我也顾不上这种抱怨的句子听起来似乎形象更加不妙，故意做出一个嫌弃的表情，一边调汁一边说，“不过这群人倒也不是全无用处，虽然做饭只有我一个，但肖远和阿墨会帮我洗碗收拾厨房，而唐磊则每次都会买一大堆食材，不过我猜他多半是为了夹带私货，变相点菜，至于安……”我把鸡腿和柠檬片、迷迭香往容器里塞，一面思考一面下意识地撒着其他调料，说起来安真是没什么用处啊……“她主要负责吃？”

我还是有心帮忙挽尊的，但也只能帮到这里了。

“那太好了，”他弯腰去查看烤箱，用一种散落的好像自言自语的声音说，“看来帮忙的部分还有我的位置。”

我一时语塞，不知这话该怎么接，他却像是不觉得自己刚刚说了什么不得了的话一样，只是按照我的要求开启烤箱预热，才转身看我，指了指我身上的 T 恤，问：“所以这个是……限量版吗？”他不确定地思索着，“原谅我从一开始的时候就有些在意，不过那个是‘纪安’的‘安’字吗？”

我低头看了看自己身上这件用来当作居家服的 T 恤，是纯黑色的棉质宽松款，码数还大得感人，前面鬼画符一样用全大写字母写着“BEST FRIENDS FOREVER”，背后是字体更加妖孽的“欠条”和“你值得更好的”，在其他空白地方还有些辨识不清的字迹，只有我知道是她们三个人的签名。我一个一个地指给他看，开始讲述这个感人至深的故事。

“这是前年我过生日的时候她们送给我的生日礼物，不过如果说是限量版就太对不起我衣柜里那其余的四十五件了……”我解释，有点头痛又有点无奈，“其实从毕业到现在，她们三个都有过一段很艰难的时期，都不同程度地在我家住过一段时间。最长的是安，从毕业那天一直到去年。最短的是罗林，只有一个半月，但是她走得最远，也不知道什么时候才会回来。所以她走之前就说非要等到给我过完生日才走，虽然说是我的生日，但其实更像是为罗林壮行的仪式，因为毕竟，毫无悬念的，还是我做的饭。”我无奈地皱了皱脸，“她们一个个喝得烂醉，抱着马桶号啕大哭，一会儿说我是世界上最好的朋友，一会儿说我值得更好的，一会儿又说如果以后日子好过了，要给我世界上最好的生日礼物，还要立字为据，然后这就是字据。”

我指了指身上这件T恤。

“你没有和她们一起喝醉吗？”他问我，然而这个问题真是问得不能更加的恰到好处。

“连我都喝醉了谁来照顾她们呢，”我忍住笑，用不得已肩负重大责任的语气回答，“如果连我都喝醉了，谁来将她们三个人围着马桶，仿佛邪教祭典一样的羞耻场面永远留存，然后剪辑加特效配 BGM 发到她们邮箱，并且每年作为保留节目强迫她们看一次呢？”

他停下手上的工作，用一种怪异的表情看着我，大概是在结合已知两人的音容笑貌生成画面感。我用公益广告一样正直高尚的语气说：“不喝酒真的是一件非常非常有益身心的事。”

然后我们一起炸出一个爆笑，笑得几乎喷出眼泪，引来客厅里打游戏的四人组略带紧张不安的注目，我们则回以让这种紧张不安雪上加霜的表情。我相信在六个时区之外，罗林的后脑勺也会猛然升起一阵寒意，足以让她好好打上几个喷嚏。

安来和我住是因为她无处可去。她父母离婚的时候把房子留给了她，她在毕业之后又把房子卖了，卖房的钱全部用在开料理店上，但资金的问题向来是永恒的问题，于是我让她搬来和我一起住。反正我常年一个人，刚好有人来陪我，对我来说无非是客房里一张现成的床，对她来说却能省下一笔租房的钱。但她也有她的坚持，我便陪着她在房租水电燃气伙食费上争执好久。终于谈妥后，她就搬了进来，就这样一直住到去年，直到唐磊死缠烂打地终于把她骗到手为止。所以安在这个家住得最早，也是最久，甚至到现在还时不时地返一下厂，只是不同于我当初的费力劝说，到如今简直是赶都赶不走。

阿墨和肖远的故事则是从我们大学时期就开始了。阿墨父母经商，财力雄厚，她是家里的独生女，长得漂亮成绩好能力又强，就连性格也是温柔——至少表象温柔——温柔大方好得不得了，她就是那种传说中噩梦级的比你条件好还比你努力的人，几乎可以称得上完美。追她的人从我们还不认识她时就是人山人海各式各样包罗万象什么型号什么状态的都有，她却一概不搭理。害我们一直脑补以她的家世背景，阿墨可能已经做好了为企业联姻奉献一生的准备，后来事实证明这份担心完全多余，阿墨在大二的时候铁了心地恋上了计算机系的穷才子——肖远。

为此原本出国准备中的余墨同学就完整接受了祖国四年的高等教育。

基本上就是典型的富家姑娘穷小子的桥段。

所以这种典型桥段中必然会有一对强烈反对不让他们在一起的强势父母，只是门当户对的含义从来也不在于金钱的多少。而选择相信一个人所要付出的勇气和努力大概只有付出的人才知道，对于阿墨来说，站在窗台上的那一刻所能做的全部就只是，认真做出选择，然后认真承担后果，不单单是为了爱一个人，也是为了能拿回自己的人生，所以阿墨就选择从窗台上翻了下来，然后扭伤了胳膊。

好在肖远也没让人失望，他在阿墨铁心恋上他之前，确切地说，在他偷偷对阿墨一见钟情的时候，就已经把她规划进了自己的人生。他不动声色地开始为自己的事业打拼，当然他的打拼并不是那种大学生做家教补贴家用兼好几个职的拼法，他一边读书，一边和几个哥们儿一起搞软件开发，再之后是四处奔走，拿到天使投资，成立了现在的公司。虽然规模不大，但公司前途十分光明，最近听说那个如雷贯耳的卓然集团有意和他们谈收购。这个行业我不是很懂，却也可以看得出来肖远的未来绝对不止于此。

但那时的我们也只是才刚刚毕业，有时事情的无力之处就在于，有些事争分夺秒却未必可及，而另一些事则只能等待，等待时间以它无法撼动的节奏推进到那个节点。那时的肖远除了一个光明的未来以外仍然一无所有，他字面意义地睡在公司，无论临时找住处还是暂时住在酒店对阿墨来说都不是一个良性的选择，所以她是第二个住进我家的人，这也让安号称是“夙愿得偿地爬上了我的床”。

阿墨在我这里只住了几个月，她养好胳膊，找到工作，攒够租房的押金和第一笔房租就搬了出去。但她并没有和肖远住在一起，只是成了每一个城市里都一样的那些出入写字楼，努力对待自己的工作和生活的年轻姑娘中的一员，有一个正在创业的男友，偶尔见面，共同打拼着未来。唯一不同的，她还是处于那个比你条件好还比你优秀的噩梦等级。

我所知道的是，不久之前肖远才在城东的黄金区看中了一套房子，他之前找我帮忙参考，我也是因为这个原因才认识了刚刚介绍给邵宇哲的那位靠谱中介王川同志。这事肖远还没有告诉阿墨，他想靠自己的能力给阿墨一个家。用肖远本人的说法，倒不是说穷小子一定要凑够身家证明给谁看，他所有努力的目的就只是想要阿墨好。只是肖远父母去世得早，他在亲戚的推诿和冷言中长大，对家庭有着很深的执念，他不想让阿墨留下遗憾。

至于罗林和江晨又是另外的故事了，这两个人在一起时间不长，却最是轰轰烈烈，甚至从二楼阳台翻出来摔伤胳膊的阿墨都自叹不如。我们曾经开玩笑，如果我们把各自的日常讲述出来，会不会又是一个“老友记”的故事，但不是，生活其实很无聊，大部分时间都很无聊，大部分时间就只是自己，两点一线，就只是……日常而已。我们每天都认真生活，像这个世界上所有的普通人一样，会感到欢乐，也会有痛苦如影随形，但痛苦的表达是一件极其精细而繁杂的工作，没有人能真的做好这份工作。

“你知道，”我在回忆的间隙开口，就着刚刚笑出来的眼泪切了一颗洋葱，把芝士条塞在洋葱圈之间，继续说，“那天我在客厅打了一个地铺，这群家伙明明喝得醉到断片儿，已经睡得东倒西歪的了，也不知道她们是什么时候醒过来的，也不知道是怎么摸到这家网店的，也不知道怎么交易成功的……不过这个数量我倒是有点头绪，大概原本是想买五件，五件包邮……”也刚好一人一件，再多一件做物证之类的，相当有道理，不像现在，因为醉茫了多写一个零，一人拿一件后，留下四十七件给我一年消耗一件。“其实五十件也算不上太多的数量，不过大概店家一觉醒来看到这个订单，也被它自带的感人至深撼动了心灵，还热情地帮忙设计了一下，选了选字体排了排版加了点友谊长存万古长青的特效什么的，彻底构成了见不得人的标准。”

我看了看正靠在料理台上帮我打蛋液的邵宇哲，感觉自暴自弃的氛围向外扩张，反倒有了种形象大概毁得差不多无法挽救了也没什么好顾忌了的轻松感。

“不，”他忍笑地说，“事实上，如果眯起眼睛看，能看出一点先锋派艺术的特征。”

“你可以眯得更加用力一点，比如闭上，就能看到更多的艺术特征了。”我不是很认真地白他一眼，把之前炸的鱼片和锅里熬好的糖醋汁一起翻炒，听着他的笑声在我身后温暖地振动，我让他把熟芝麻递给我。

“有时候我也会想，比如市面上比较流行的说法，什么朋友谈了恋爱以后重心就变了，要分出更多的时间给恋人，友情渐渐就淡了什么的，”我说着话，接过他递来的芝麻，一边指挥他去给鲜虾开背，一边将糖醋鱼片出锅。我顺手在盘子里将鱼片层叠出一个极具美感的结构，恰到好处地把芝麻点缀其上，成品简直拍照都可以不用滤镜。我自我欣赏了一会儿，才挑着眉毛说：“……不过怎么可能呢，我做饭这么好吃谁舍得离开我呢。”

情绪一旦放松，整个人都不自觉地得寸进尺起来。我得意地笑着，把色香味俱全的鱼片端到他面前以兹证明，附带递给他的还有一双干净的筷子。他无辜地摊了摊潮湿黏滑的双手给我看，表示此时不太方便，尤其这个不太方便还是我造成的。我急于显摆，一时想也没想地就亲自动手夹了一块鱼喂给了他。

他自然地张嘴，吃下，一副专心品尝的样子，然后露出一个很是惊讶的表情，我却猛然反应过来自己做了什么，汗唰的就下来了……

挺住！！我撑着脸的形状不变内心则如暴风般号叫——这种场面只要挺住就过去了！！！

“我想我明白你的意思了，”他眯起眼睛看着我，细细享受着美味，我向大宇宙猛烈输送他没有察觉出任何异状的祈祷，尤其我的手艺那么好，他怎么可能从食物的味道上分散出任何的注意力，果然，他随即便表现出一种夸张的满足，舔着唇角的酱汁说，“相信我，直到吃到这个，我才终于有了回家的感觉，天，这简直太好吃了。”

我于是立刻就有点不好意思了，虽然他说的是大实话，但我也是个谦虚低调的人，还是要客气客气的。

“欢迎回家，”我客气地说，“不过说到这个，我刚刚就想问你了，我看你很熟悉厨房的样子，也是经常自己做饭吗？”

虽然是岔开话题用的，但指挥了人家这么半天，也确实对这件事有点点好奇。

“没办法，为了生存被逼无奈，”他无奈地摇摇头，“你知道，英国。”

不，并不想知道英国什么的，被你这样一说好吃的门槛突然就有点高度不好判定的感觉了啊……

……怎么会呢，当然是在开玩笑的啦，我怎么会觉得自己做菜手艺的好吃程度不好判定呢。

“说起来你的房子找得怎么样了，”感觉终于扛过了刚才那段艰难的时刻，我恢复了轻松自在，在心里对自己吐了个槽，随意地问他，“王川联系你了吗？”

靠谱中介王川同志。

“联系了，”他也配合着我闲话，“确实是个非常不错的人，找的房子各方面我都很满意，已经签了半年的合同，今天就是为这件事所以才晚到了一步。”他停顿了一下，想了想，“说起来那地方离这里还挺近的。”

他给了我一个地址，我知道那地方，是一个开放短租的酒店式公寓，环境很好，价格虽然稍微贵了一点，但是非常适合季租和半年租，而且也确实离我家很近，步行大概二十分钟的距离。

“王川想必也很开心吧，”我想着那个大半时间都额头上挂着青筋口不得不面带微笑的青年，忍不住笑起来，“他人很不错的，就是性子有点急，也是很难遇到像你这样态度明确、容易沟通，尤其是预算还充足的客户，大概职业阴霾都能净化了吧。”

净化个三天左右还是没有问题的。

他对我夸奖的部分还以礼貌的微笑：“说真的，这次真的要谢谢你了，要不是你我不会这么快还这么轻松地就解决了这些事，”他认真地看着我说，“还有老房子装修的事情，还好有你在。”

“不……就……”我在他的目光注视下整个人都结巴了，他那句“还好有你在”的杀伤力实在太人了……“都是朋友……那么客气干什么……人之常情嘛，唐磊和安也很愿意帮忙的，我就是效率高惯了，说来你还是我领导呢哈哈哈……我觉得我还是直接说个不客气就好了。”

因为一系列的语无伦次，我感觉到自己的形象又衰败了一个等级。人的感情真是奇怪的东西，它丝毫不为理智所撼动，这么多年过去，无论怎样努力怎样告诫自己，最终还是会被邵宇哲的一个眼神一句话就轻松击溃，连说话能力都尽数丧失。

结果还是没有任何长进，在他面前我仍然是这种不争气的样子。

我消沉地给土豆切片。

他一副不忍笑出声的样子。

“不过比起以前你真的变了很多，”他帮我把鳕鱼从蒸锅里拿出来，一边用烫到的手指捏着耳垂，“以前总觉得你有点……怎么说，男孩子气的感觉，我从没想到你会对做饭感兴趣，”他露出个有点不好意思的表情，“来之前就一直听唐总说你做饭如何好吃，我还想，五年多不见了，你也变成贤妻良母了。”

我正在查看烤箱，听到“贤妻良母”的部分只好干笑两声，“贤妻良母”二十五年没有谈过恋爱的槽点还真是……自己吐不出来。

“我也是生活所迫……”我意有所指地冲客厅里那堆“生活”偏了偏头，“这部分我倒是有一个‘巨蟹座的人都是潜在的料理高手’的典故可以讲一讲……”我转身，他已经将生菜沙拉放在玻璃碗里，正在帮我翻炒着锅里的牛腩，我默默看着他熟练的动作，以及衬衣袖子卷上去后露出的手臂线条，肌肉随着翻炒的动作紧绷和放松……我悲壮地把视线移开，真的给他讲了那个条目突然就具体起来的悲惨典故，当然其实也没有那么悲惨。“毕竟后来烹饪就真的变成了我的兴趣，”我回顾了一遍自己的心路历程，“渐渐地就发现研究食谱是一件很有意思的事，整个尝试、研究、搭配、调味，甚至是摆盘的过程都充满了趣味，更不要说烘焙了……”我把自己的注意力放回到正直的方向上，思考着总结，“尤其有趣的是那些季节性的食材和节日食俗，各有各的氛围加持……总之，有时候不厌其精地去做某件自己喜欢的事，就会有种生活真美好的感觉。”

他笑了一下，侧身把主厨的位置让给我，半是自言自语地温声说：“季节性吗……看来至少有一整年的时间值得期待了。”

我的胃底因他一年的期待而泛起一种空茫又温暖的感觉，又有些酸涩，一时间竟然感到一种茫然的失措。我试着站回到一个惯有的位置上去看待这一切，听着客厅里那些熟悉又喜人的动静，闻着食物因为恰到好处的烹饪而散发的香味，感受着时间在皮肤上停留时的微小触感，就好像这一切都不会变化一样。

我一直很喜欢准备食物的过程，我大部分时间都是自己一个人在做这件事，这是一段集中而专注的过程，我享受这种沉浸于自己世界里的感觉。我从未觉得孤单，也并不排斥陪伴，无论是让安举着食谱，听她讲一些亲昵而又无关紧要的琐事，还是和阿墨一起尝试新的或者旧的烹饪方式，这些都让我感到愉快。然而我却从来没有真的把这段独属于自己的时间与谁分享过，在邵宇哲出现之前，在他说着“帮忙的位置”和“一整年的期待”之前，我其实并不知道这之间有什么不同。

非常地不同。

第四章

日料进阶和花样小汤

我回来，是因为那些放不下的事，

我决定不放下。

晚餐吃得非常豪华，主要摆桌这一项就担当了三分之二还多的浮夸，这主要归功于安和唐磊，阿墨是助燃剂，肖远是放任主义之只要阿墨高兴。这四个人还翻出来两座连我自己都不知道收在哪里或者说连怎么来到我家都不清楚的欧式三头烛台，试图营造出一种诡异的守夜效果，被我以食物相胁总算是阻止了，并且强令唐磊走的时候将这两个烛台带回到他那个广袤无边还上下三层附带一个游泳池风格与之更为契合的别墅，让它与它那些品位同样可怕的同类待在一起。

菜品本身没什么章法，中西式都有，因为时间的限制，多半都是看着好看的快手菜。不过既然都自己做了自然要做大家都喜欢的，尤其某人还夹带私货，在源头上不动声色地点了不少菜，酒和饮料是阿墨和肖远带来的，再加上我这里的存货，基本上能满足大家各有所爱地随心所欲。

开场首先举杯欢迎了收编回国的邵宇哲同志，之后才是照旧的谢厨师，按照惯例不管吃没吃总之要先称赞一遍，今天这一遍的称赞来得尤其猛烈，仿佛相亲现场着急贩卖人口的亲属。

我给予鄙视。

晚饭过后阿墨和肖远照例在厨房负责收拾，邵宇哲刚刚参观了我的置物架之游戏区，现在正帮忙帮到底地帮我准备茶水。我则是用冰箱里的酸奶添上水果制作简易的饭后甜点，所幸我们不是每天都这样，否则身材这关就绝对过不了。

“说真的，Uno（优诺纸牌）和《龙与地下城》符合我的预期，《三国杀》看起来也不像有什么意外，飞行棋很经典，但是反人类牌有点超出我的想象。”邵宇哲刚刚参观完我置物架上的游戏区域，对我们的休闲生活给予了一个含蓄的点评。

“为什么，我们看起来不像是会反人类？”阿墨在水池旁轻巧地接话，附赠一个柔和的微笑。

“所以猜猜谁总是赢家。”我隆重介绍余墨女士危险的隐藏属性。

隐藏属性危险的余墨女士背对着我们比画了一个硬汉从不回头看爆炸的姿势。

“这是我们的习惯，”我分装完水果酸奶，把邵宇哲泡好的茶水倒在每个人固定使用的杯子里，也请他在客用里挑了一个他喜欢的，才解释道，“虽然已经不记得从什么时候开始的了，最后的结果就是现在这样，收集所有能找到的游戏，无论是从网上还是从那些去过的地方，无论是顶级公司精良制造还是适合年龄八到十二岁的……然后用认识彼此那么长的时间把每项都玩过来。有时候甚至在去到一个地方的第一时间就去扫荡他们的玩具店，你要知道，友情有时候也可以是非常疯狂的。”我家地方不大，当然放不下那么多，我给他举例子，“你应该去唐磊那里看看我们组建的乐高大世界和托马斯小火车。”

“拜托请一定让我加入这个组织，”邵宇哲配合地说，他用三只手指郑重指天，“我会通过所有的考验并发誓永远效忠的——无论是否合法。”

“那就从反人类牌开始吧。”阿墨笑吟吟地接话，“从认识彼此的底线开始。”

发完誓就立刻经不住考验的邵宇哲同志乖乖露出一个求放过的姿态，速度把话题岔开，他看了看客厅那边，寻找到了一个岔开话题的方向，“之前听你说唐总和纪安在一起，我还有点没概念，今天看到他们这样，我才有了一点真实感。”他想了想说，“纪安和我印象中的完全一样，丝毫没有变，倒是唐总这个人……确实是不可多得。”

“没关系，你对唐磊的认识很快就会正确起来的，”我中肯地说，这句话倒是接起来容易，我们都是这么一路正确过来的，“不过他们这份感情……”我想着安那个还嫌不够恶心的表达方式，有些心虚地看了一眼邵宇哲，“……确实挺不可多得的。”

我把目光转向客厅，安和唐磊已经收拾好了餐桌，正在帮忙铺毯子和摆放靠垫。这也是惯例，如果人太多，我通常会在地板上铺上两层长毛地毯和一堆靠垫，还有一个专门为这种情况准备的矮几。以前过冬的时候还有个被炉，因为太过磨灭意志，经我们四人共同商议忍痛封印了。那时我和安、阿墨、罗林，我们住在一起的时候经常这样过周末，躺在客厅的地板上，裹着被子打一个通宵游戏，看电影，或者就只是聊天，然后直接睡在垃圾食品的包装袋上。

这并不是很久之前的事，所以我猜地毯上时间残留的味道应该还能接受……不，不能，唐磊冲到阳台上拍打去了。

“你或许可以讲一下他们相遇的故事，配上一段背景音乐，”阿墨把碗盘擦拭干净，递给肖远，由后者整齐到强迫症一般地码放在碗柜里，她毫无伤害性地说，“你可以弹着你的琴来讲述，毕竟这是个值得被传唱的故事。”

“吟游诗人这个行当算是完了。”我说。

其实唐磊和纪安的故事并没有什么特别之处，不可多得的主要是恶心的部分，而且特别不幸的是，本人在里面小有贡献——虽然作为两人之间唯一的交集，有贡献基本上是我难逃的宿命，但仍然，特别的不幸。

那是我刚工作半年多的时候，那时纪安的料理店才刚刚支起来，我也还处于被我这群“生活”逼着去研究饮食文化的初级阶段。公司附近有一家不大的书店，虽然也同时兼营文具和咖啡，但看得出来只是生存手段，店长饱满的爱意终究还是在书上的。书的数量虽然不多但种类铺得很开，内容又选得极其用心，所以总是能在这里翻到些意外之喜，我一般没什么事吃过午饭都会习惯性地去那里晃一晃的。

所以那一天真的没有任何的特别之处，除了四本一套但永远缺货的第三本日料进阶终于出现了，我急于伸手去拿，然后手指尖就这样恰好地碰上了另一只目的同样并且更加狂热的手。虽然这个画面看起来很像是某种类型电影电视剧动漫言情小说的开头部分，但可惜的是那只手白皙修长细腻柔软，一看就知道跟我相同性别……当然这个画面也可以是另外一种类型的开头部分……顺着看上去我才发现原来对方是总经理的第一秘书，当然这番相认主要还是归功于彼此脖子上挂着的工牌。

那时我新鲜人初来乍到，天天跟着现在已经说走就走的陈总监跑外场，毕竟陈总监的教学理念是看资料一日不如奔跑十里年轻人就是要躁起来——现在看来太躁了确实对心脏不太好——所以除了长期坐镇的部门助理，这半年时间，我连自己部门的同事也才勉强认个大概，更不要说总经理大秘这种连办公室都比我们高几层的级别了，平时根本没什么交往的机会。

然而那本书偏偏是书架上的最后一本，我俩也就装模作样地互相客气了半天，最后当然是秘书小姐拿下，论地位论资历职场新鲜人还是更愿意向所有人示好的，客气完了也不适合马上分道扬镳，自然就讨论到大家“共同的爱好”上来，我也就顺便给安的日料店做了做宣传，拉了拉客人。只是没想到秘书小姐真的大驾光临，还带了秘书室的其他小伙伴，来过以后都对安的店赞不绝口，而且和公司的距离合适，氛围也很安静，虽然规模还达不到招待大客户的标准，不过用以非正式的单独会谈还是相当合适的。

然后作为大老板的唐磊第一次去就留下了深刻的印象，由于那天我刚好在店里蹭厨房，所以目击了唐磊当时的表情，也因此得出来他一定印象很深刻的结论。

我们公司的饭补是直接打在工资里的，公司大楼负二层是员工食堂，价格相对便宜，如果需要可以自己去充饭卡。这对午餐喜欢自己带便当的同事也相对公平，而且周边餐馆林立，外卖遍地，还有便利超市，中午饭吃得算是相当灵活。出于明显的原因我一般都是自己带饭，之后受安的拜托，有需要的时候也会顺带一份给唐磊。

这是个历史遗留问题，唐总工作忙、应酬多，年轻的时候又过得比较风流，猛然转性，搞得肠胃反应不过来，压力就很大。安心疼他，但是无论怎么尝试，无论多么努力，她的烹调试验都是以失败告终，我只好当她的枪手。后来大家混熟了，那两只也启动老夫老妻模式，安主动承认了错误才知道唐磊其实早就猜出来了。唐总果然是干大事的人，看到的不是安说谎骗他，而是她对他的关心和做出的努力。这部分情节的发展还挺小粉红的，作为朋友我甚感欣慰，但也就欣慰了那么两秒钟左右，两人就手拉着手开开心心地提着菜来我这里蹭饭了，至于便当，做一人份和做两人份其实真的没有什么差别。

当然这是后来才发生的事了，那时我做得最多的还是在有闲的中午去安的店里蹭厨房，家里材料有限，尤其头天一忙就没空采购，还是专业的厨房适合用来煮有趣的食物。安喜欢吃我做的东西胜过她店里那位地位高于一切的厨师，毕竟有感情的加成在里面，所以一般她在店里的时候我都会做两份和她一起吃。

那几天我刚好在研究一本如何放开思维挑战传统菜式的概念性烹饪教学书，脑洞开得有点大。不过总归是第一次尝试挑战自己的想象力和能力，基于巨蟹座的人设还是有点微妙的保守的，所以我特意旁敲侧击打听情况选了个安晚归的中午，还做了两道极其普通的菜式掩盖了一下，那次的创新是在一道翻花样的汤上。

所以竖了这么大一面 flag，不出问题简直不符合常理，而且不出在这小碗汤上简直不符合大宇宙定理。

真的是很小的一碗。

因为都是朋友，所以我和安店里的厨师和服务生混得都比较熟，又不小心凭借着做料理的手艺树立了崇高的个人形象。为了维持我这一点点的没准其实并不存在的虚荣心，踏着一旦失败就毁尸灭迹的悲情路线，我把这小小一碗汤举重若轻地藏在配菜中端上桌，打算趁着安还没有回来之前偷偷地细细品尝。

然后就在我的舌尖马上就要碰到汤的时候，安就这么命运性地突然出现了，伴随着她仿若轻功一样的身姿和“啊啊啊暖暖你做了新东西居然敢独享”的哀号声，她的禄山之爪就抓上来了。

不管此时什么人鬼神路过此地都能替我作证，我是真的被吓了一跳。

以致我一个华丽地甩手，这碗汤就开始在空中画弧线。

而且因为吓得太跳脱，于是甩得也就格外用力，加上碗真的是太小了，以至于在离心力的帮助下在空中翻了这么多圈居然愣是一点没浪费。

然后镜头转向，此时唐磊正好和他的客户走了进来，在当月明星服务生筱筱的带领下找了一个后来看简直是打哪儿指哪儿的位置正准备坐下，听到一声惨绝人寰的哀号声于是他就条件反射地回头看了。

我以前是校篮球队的。

我是说，那碗汤很精准地扣在了唐磊的脸上，精准极了，全在他脸上，一点都没浪费。

而眼睛追随着汤的轨迹一刻都没离开过的安就笔直地向着他，或者说，向着那个方向冲了过去。

惊世骇俗地在他脸上舔了一下。

我一时之间居然有些感动，没想到她居然如此珍惜我做出来的东西……但我此刻宁愿不认识她。

但是显然不可能，因为她舔完以后的下一个动作就是扭过头看着我，像对待每一道我做出的菜一样，极其认真地说："非常好，就是有点咸了。"

"他出汗。"我惊讶于自己的第一反应，事后一直对此耿耿于怀担心自己是不是和纪安一样有病。

"他？"安又把头扭了回去，看向那个被他当成盘子的生物，回想了一下自己干了什么。

"你居然敢占我便宜？！"一拳就挥了上去。

我猜她一定是没想清楚。

于是他们就这么相识了，还有我。

我后来想起来那个盘子……我是说那个人是我老板……还是最大的那个。

他后来知道我是他默默无闻的一个新鲜手下……我是说员工。

在之后我对他的认识从高层终极 Boss 一路跳崖来到正确水平线的很长一段时间里，每次只要我做饭，他必然会强烈要求做那道汤，说是让我将此事铭记于心，以后好任劳任怨。

毕竟说到底那碗汤是我扔到他脸上的。

……能保住工作我就已经足够铭记于心任劳任怨了好吗。

只是有一件事我一直都不敢深想，安说她对唐磊是一见钟情……我一直没敢问她的第一眼是哪一眼。

于是事情就发展到现在。

现在唐磊喝我的汤喝得一脸让人鄙视。

鄙视鄙视鄙视……

“鄙视的部分太多了。”唐磊强行挑毛病，非要指点一下我的传唱工作。

“那是副歌部分，副歌部分全靠重复。”我面不改色地说。

“不过弹琴这件事我倒是第一次听说。”邵宇哲好奇地看着我手上的尤克里里，“这把琴看起来很旧了，你弹了很久了吗？”

“你关心的只有这个部分吗？”安又把她的嘴唇弯成两个不怀好意的小波浪，感觉那条用来做比喻的鱼快被她舔干净了。

我突然就恶向胆边生。

“这可是正宗的夏威夷小吉他，”我说，“夏威夷本地产，还记得前年我们去那儿玩的时候，有一个那里的年轻人对安一见钟情的事吗？Neal，二十岁，喜欢冲浪，皮肤晒成深麦色，自称眼睛蓝得像夏威夷晴空的那个，还记得吗，他天天背着这把相思木的小四弦给安唱情歌，通常一曲没完就被唐磊打跑了……”

“引以为豪的战绩。”唐磊沾沾自喜地插话。

我憋着不理他。

“就是那个时候，我在一边听着倒是喜欢上了尤克里里这个乐器，就求他教我弹琴，他为了分散失恋的伤痛就答应了我，短短几天时间我们结下了深厚的师徒情谊，后来临走的时候他就把他的琴送给了我，这些是你们知道的。”然而后半段的故事就只有天知地知我知 Neal 知了，我觉得这个时候就很适合拿出来娱乐一下人群，我还不忘弹起我第一首学会的曲子营造了个氛围，“事实上，当他把琴交给我的时候曾经拜托过我，原话是，‘请务必代替我，天天给美丽的女神弹奏这首情歌，只要这把琴在吟唱，就像我就在她身边一样’。”

我得意地看着唐磊，所有人和我保持着目光的一致，就连安也期待地等着他的反应，而男主角也不负众望地陷入了表情阴暗的思考中，我毕竟怀抱了把乐器，于是手动帮唐总加了点音效。

“这么说这个声音就是败犬的远吠了？”唐总表情阴暗地冲我一伸手，“给我弹得响一点儿！”

安嗷的一声就扑进了他的怀里，我的琴咚嚓一声就落在了地毯上。

“看来那些用来伤害老板的储备是派不上用场了。”邵宇哲倾斜身体靠了过来，故意压低声音对我说，分明带着坏心眼，丝毫没有安慰的意思。他越过我，顺手拿过我的琴，随意地拨弄了几下，琴弦在他手指间流淌出愉悦的声音。

“对了，我记得你以前弹过吉他，”安挂在唐磊身上抽空对邵宇哲说，然后有点不确定地看向我，“是高二运动会那次吗，他们几个男生围在球场的看台上假装开演唱会，总共只能弹下来两首歌，就商量着放弃学业，组个 band 浪迹天涯什么的，被路过的教务处主任用播报比分的广播训了半个小时……那次吗？”

邵宇哲有些不好意思地摸了摸鼻子。他的眼底有光点，似乎也想起了年少时候的荒唐往事，嘴角始终弯着一抹笑，有一种熟悉又陌生的青涩感，恍惚间，好像还是高中时代那个意气风发的懵懂少年。

而我，则是那个站在台下，始终在瞻仰他神圣光辉的路人甲，明明吉他的音准节奏都一塌糊涂，但是他一开口，那嗓音就足以将我溺死在里面。可这个话题……应该说有关于回忆的话题，我都不敢插嘴，害怕露馅，害怕一旦打开了这个话题的封印，那些被我小心翼翼埋藏好的陈旧心事又会抑制不住地从我的语言动作神态里流溢出来，一发不可收。

“男人的浪漫。”肖远却难得地开口，他伸出手，唐磊也强行凑热闹，三个中二病心领神会地碰了碰拳头。

“所以现在该你了。”余墨说，看着邵宇哲。

“该我什么？”他不解。

“你拿过了琴，所以该你讲些值得传唱的故事了。”阿墨优雅地抿了一口茶水，表情带着些许未加隐藏的深意，“这是友情之间的另一个传统，关键点在于，讲得不好会被杀掉。”

“我们什么时候有这个传统的……”我试图阻止点什么。

“刚刚。”阿墨脸不红心不跳，连看都不看我一眼。

“没有缓冲的余地？”邵宇哲倒是笑笑的样子，看起来并不介意。

“可以给你一个提示，关于爱情的故事可能会有一点点加分。”阿墨露出略微欣赏的表情，和安交换了一个眼神，“当然可能只是一点点。”

“非常慷慨。”

“所以你在英国有过女朋友？”安倒是单刀直入，直接问他。

“我在英国生活了将近六年，从读书到工作，如果说没有尝试和什么人交往过，就显得有些太过虚伪了，”他坦率地说，“只是……可能现实的情况要比听起来复杂得多。”

我们沉默着，各自解读了一会儿。

“是胜在数量的那个意思吗？”唯有阿墨丝毫不受动摇，依旧是标志性的温和微笑，柔声地问。

我把茶水呛到气管里了。

“不，完全不是那个意思。”邵宇哲失笑，他的目光转向我，带着关心地询问，我很艰难地摆了摆手表示还不需要医疗干涉，他才继续说道，“事实上刚好相反，我刚到英国的时候，状态其实不是很好，一半是因为陌生的环境，一半是因为家里的事，有差不多一年半的时间，都不太愿意跟人交往，直到后来我开始在我姑姑经营的画廊里帮忙，这种情况才渐渐有所好转，”他停了停，我的心跳变得有些快了起来，几乎怀疑坐在我身边的人都能听到血液飞速撞击在血管壁上的声音，然后我听到他轻轻叹了口气，“我就是在画廊里遇见她的，Alicia。我只知道她叫 Alicia，是附近艺术院校的留学生，比我低一级，当时正在写一篇期末论文，我注意到她是因为每个周末她都会来这里，独自一人在角落的地板上写写画画一整天。后来她告诉我她是在观察那些来画廊的人，我们聊了那些人，然后就这样认识了。第二个星期她请我喝下午茶，第三个星期我请她喝咖啡，之后就变成了一种惯例，我们会分享一些看法，不涉及具体信息地谈论遇见的人和经历的事，但只在画廊见面，就这样一直持续了很长一段时间。”

“听起来还挺……浪漫的。”阿墨有些不确定地说，“什么叫作就只在画廊见面？”

“字面上的意思，”邵宇哲想了想，说，“没有其他联系，也没有约定，我在那里工作，她知道我在那里工作，我想可能是因为那段时间我们在各自生活里都有些找不到出口的问题，和身边熟悉的人反而不太能够表露出真实的自我，而这种互不相识但又不是完全陌生的关系，不用顾忌太多，或许更加轻松一些，也更加容易一些。”

“那后来呢？”

“其实没有什么后来，”他无奈地说，“我们都尝试过，尝试交往，尝试离开那种与现实隔离的相处方式，但就像我之前说的，我们各有各的问题，都有放不下的事情，所以到最后谁也没真的做出什么改变。只是她比我更加聪明一些，也更清楚自己究竟想要什么，所以她选择在毕业之后回国，而我选择接受 Alan 给我的那份工作，留了下来。这就是全部的故事了。”

“但你现在回来了。”我脱口而出，有些后悔，却还是问了出来，“是因为她吗？”

“我回来，是因为那些放不下的事，我决定不放下。”他没有回答我的问题，只是在说这句话的时候直直地看向我，露出一个止步于此的浅笑。

我在他的眼睛里看到了某种坚定的成分，但更多的是一些我读不懂的东西，我只是感到舌尖有些微微地发干，我不知道自己是不是更宁愿听胜在数量的糟糕玩笑，而不是这样一个，就像是某个爱情故事会有的开场，就像是多年以后，别人问起你是如何遇见你的灵魂伴侣时你会用的那种开场。

我因为自己想象的画面无法抑制地难过起来，但比起关于他会和别人在一起，更让我难过的是，好像我又回到了那个时候的自己，那个擅自喜欢上爱情故事的男主角，又擅自伤心难过的、再普通不过的自己。忍受着平凡，然后默默等待着内心的悸动过去，甚至鼓足了一生的勇气去告白，内心也认定了会被拒绝的那个自己。

明明好好地说了再见。

第五章

Fish and Chips

这一瞬间就好像回到了高中的教室，

那时的我们真是又傻又年轻。

“抓住男人的心就要先抓住他的胃，先让他见识一下什么叫作料理高手。”这是那天的聚会后安给我的解释，我简直没办法跟她理论，这什么跟什么啊就开始抓内脏了，我觉得跟她多说一个字都降低我的格调，所以我也只是选择一言不发地站在一个比较高的地方，让她能全方位地感受到我发自内心的鄙视。

倒不是说安和唐磊在这件事上发生了什么接近事实的智慧，只是邵宁哲更像是在那个“一起结婚”的约定之后，恰当出现的一个恰当人选而已。如果不是已经知道了结果，我多半也会产生跟他们一样的错觉，可是事到如今，在我决定只将他当作一个失而复得的朋友之后，在我已经接受自己悲惨感情——这份数年过后不但没有什么长进似乎还打算把当年的原路再重新走上一遍的悲惨感情——的现在，这种错觉只会让我感到更加疲倦和无奈而已。

所幸比起那时的自己我已经获得了“成年人的没用”这项技能，积攒的经验也足够认识到以前那些自以为天都会塌下来的事，不过是现实生活中前前后后充满的各种无解难题中的一部分而已，甚至有些连难题都称不上，而感情的问题可能又是这些称不上的难题中最为无关紧要的一个部分。

说白了无非就是接受了原来过了这么多年我仍喜欢着他的这个事实后，在面对和放弃的时候能够更加坦然一些罢了。

——说得更加直白一点就是生活的债啊多了反而不发愁。

就是这么的没用。

从学生时代起，每逢下体育课，班上的男生都会争着赶着和女生抢水龙头，那个时候唯一能说出来“女士优先”并有效维持秩序的邵宇哲同学得到了全班女生的认可，一致认为他是一个非常有礼貌并且相当有风度的人。显然这个优点被他毫无疑问地很好地保留了下来，再加上在英国留学和工作的经验，他简直仿佛接受了深造一样，如今归国之后更是变得越发的有礼貌有风度了。

所以完全不令人惊讶的，在突发聚会后的第二个星期的星期五，他提出想要回请我吃饭，时间为星期六，地点是在他家。

那个时候我脑子里正在跑资料，下周二约了客户见面，是一个相当麻烦的客户，从我上一个项目跑出差之前就开始了，中途还因为商讨各种事项特意飞回来两趟。有时候觉得工作就跟打怪升级一样，在最初从新手村出来的时候负责的都是单纯弱小毫不做作的妖怪，然后层层进步，虽然遇到好的导师是快速成长的关键，但我大概错就错在太早认识终极 Boss 唐磊这件事上。经验值连装备都还没打好呢，遇怪等级就已经涨幅成谜了，接手的客户一个比一个麻烦。上一个人情官司好歹还知道为什么，这次的客户则让人浑身无力，策划方案来来回回改了无数稿，要求诸多也就算了，还随时都有新的变化，甚至连好不容易定下来的大框架也只是个不情不愿的暂定，也许下一个电话或者邮件就意味着全部推倒重来。

这倒不是因为我们的策划做得多么差劲，实在是客户的情况……有些复杂。

这个高等级怪……这个客户是本地一家做服饰设计的知名品牌，从成立到现在称得上是几经周折，拼拼凑凑到如今正好二十年。公司一路从只有三个人的设计工作室发展到甚至在国际上也开始小有名气的现在，在这样的大环境下确实是一件相当了不起的事情……再加上这次二十周年纪念和秋冬新品发布时间重叠，所以公司计划将两场活动合并在一起，举办一个回顾过去展望未来珍惜当下经典永恒的展览，做国内品牌领军人与国际模式相接轨之类的……此处暂时空白，毕竟按照商讨的结果，目前主题和形式都有争议，尚未定性。

因为他们家的风格一直深得我心，工作之后也是砸了不少血汗钱进去，所以本着能赚回来一点是一点的错觉，并将错觉一以贯之的瞎眼精神，我当初还努力争取了一下这个项目，谁知道后续的发展会跳过钱这一步直接就开始往里面砸血汗……

第一次开会就火药味十足，对方的品牌运营总监和宣传部部门经理在开场还不到十分钟的时间就点燃了战火，一来一回唇枪舌剑，明显就是出于两人的私人恩怨。但诡异的是整场会议从头到尾一字一句居然连个标点符号都没有涉及私人部分，自始至终都紧密围绕本次会议主题，句句不离正事，简直让人叹为观止不知道该吐槽是太专业还是太不专业了，以致我们这群会议桌另一边的外人听得是胆战心惊但又憋笑憋得要死……更可怕的是我们还要根据这槽点满盈的会议内容做出第一稿策划书。

会议结束后我想方设法从侧面了解了一下才知道，果不其然是公司内部的政治斗争……不，这根本不是政治斗争的问题吧！品牌运营总监梁景春，三十三岁，从毕业开始就到这家公司工作，一路吃苦耐劳拼死拼活稳扎稳打做到现在这个位置，深得上至各位老大下至各位员工中间就由中间商代表的信任，在公司红得发紫，性格强势行事果决。宣传部部门经理杜晴雪，二十四岁，虽然只是个小小的部门经理，但胆敢这么居高临下地跟发着紫光的总监大人叫板，来头自然是……董事长家的千金。人生道路宽且平还铺着天鹅绒和玫瑰花，家世好学历高能力强，海外留学归来，毫无疑问是准备将来继承公司的，性格内敛作风干练。这么俩说一不二的风云人物，一个要求走品牌传统路线，一个坚持照搬欧美大牌模式……完全是欢喜冤家的情节嘛，大家都是单身进取的年轻人，有什么问题是好好谈个恋爱不能解决的呢？

当然，后面这段完全是我目瞪口呆的时候好不容易才忍住没吐出来的槽，工作要是真能这么简单就解决的话……不，仔细想想我解决了那么多工作上的问题，人生里的问题也没少通关，但还不是一次恋爱都没谈过，明显谈恋爱更难吧……

于是为了这对欢喜冤家，我和设计部的同事翻了无数资料，改了无数方案，把这家公司二十年来的风风雨雨，举办的各种活动连新闻带八卦都摸了个遍，力求将两个人拉郎配对……我是说整合两个部门的需求，达成各方面统一，为客户提供最满意的优质服务。

所以我的大脑运作过度已经没有为工作以外的事务留下什么内存了，只是在邵宇哲提到“吃饭”这个关键词的时候，基于长时间受压迫被逼出来的可悲本能——顺带一提，其实就连我们定期不定期的聚会都承接了只是换地方不换厨师的模式，我毫无意外地已经忘记别人请我到家里吃饭意味着什么了。

……于是我反射性地问他想吃什么，我来做。

然后在他没忍住的笑声中反应过来自己说了什么。

用目光示意他最好憋回去不许再笑了。

“煎牛排怎么样，在你面前我也只有这个敢说是拿得出手的菜了，毕竟在英国，靠着它活过了两千来个日日夜夜，完全可以称得上是用生命练出来的。”他半开玩笑地说，“谈技术就太班门弄斧了，不过谈感情我可以保证做到绝对诚意十足，至少可以做到让你不好意思说不好吃。”

“过分的谦虚等于骄傲啊邵总，我的期待值已经翻倍了。”我用故意的语气说，“几点钟过去比较方便，要不要盛装出席？”

“请务必保证自己的舒适性，”他笑着摇了摇头，“六点整怎么样？”

当然没问题。

我是第二天下午六点整在他住处的单元楼下按响门铃的，

非常的整，前后误差不到半秒，毕竟我是一边盯着表一边按的门铃。

不要问我为什么。

进门时他还在厨房给牛排收尾，把我放进来以后就立刻重新投入厨房，让我自己随意，参观也随意。我把包和外套，还有带来的一瓶红酒放好，也就不客气地四处看了看。这个地方我难得能打入内部，通常都是散步的时候顺路经过，看上两眼外墙而已。

酒店式公寓，顾名思义就是提供酒店式管理服务的公寓，虽然价格要比普通租住的公寓高一些，但整体环境和物业服务都相当的不错，而且从我刚刚进来的一路上看，管理规范安全性也很有保障。他租住的这间虽然户型不大，不过作为过渡时期的居所，他一个人使用完全够了。房子的结构设计非常优质，功能很齐备，而且可以说基本没有一处空间是浪费的，家具也是极简风格，不但舒适，摆放和搭配都合理而清爽，让不大的空间显得整洁明亮，不得不再一次夸赞王川同志真是个相当靠谱的好中介。

毕竟是我介绍的，内心还是有点小得意的。

他的东西看得出来不多，收拾得整整齐齐，我探头探脑地很快就参观完了，又偷偷摸摸地溜去厨房蹭了一眼。他正在给牛排收汁，一副淡定从容的样子，颇有大厨风范，而且还是那种可以做成展架放在餐厅门口用来招揽客人的质量。我捂着良心看了一会儿，才把目光移向牛排，真不愧是用生命练出来的拿手菜，牛肉煎得色泽饱满，软硬适中，看样子马上就能上盘了，时间把握得恰到好处。

“只可惜材料有些不够齐全，”他一边往牛排上撒黑胡椒，一边实话实说，“有些东西不知道该去哪里买。”

“如果我说……我知道个好地方带你去，会不会显得我有点烦人？”厨房有些小，我在他胳膊旁边冒了个头出来，向上看着他，试探性地问。

我原本就猜他刚搬进来不久，酒店公寓设施再配套，生活用品或多或少都有欠缺的地方，这两天工作又林林总总忙不过来，大概也没时间处理生活上的琐事。

他都离开五年了，城市发展太快早就不是他知道的那个样子了，我怕他没有头绪，也找不到地方，可是想给出建议却又实在有些犹豫。找租处和装修老房子这样的大事倒是怎么帮忙都不算过，但生活的琐碎太过私人化了，我只想退回到朋友的距离，却早已失了判断，担心靠得太近，又害怕离得太远。

“如果我说……我早就想问你购买生活用品的地方了，会不会显得太麻烦你？”他目光斜向下看着我，学着我的语气反问。

我立刻就来了精神。

“快问我快问我现在就问，问嘛问嘛，我主修的就是这个课题，就盼着别人问呢。”我看他已经开始装盘，就把脑袋缩了回去，给他让出通道，他将两份牛排摆上西兰花和土豆泥，一手一份，端着走向餐桌。那里已经摆放好两套餐具，蔬菜沙拉，罗宋汤，意面和一盘原汁蘑菇，还有一道世界级名菜……

“Fish and Chips，”他一边为我拉开椅子一边介绍，“本来想准备个国际冷笑话的，不过似乎冷过头了……”他挑着眉毛，露出个并不怎么认真的表情，想了想又补充，“当然炸鱼和薯条是热着的，这点可以放心。”

这下我就真笑出声来了，他反而一副跟他没有关系的无辜表情，把我带来的酒开瓶倒在两只酒杯里，一只放在了我面前。我拿起来晃了晃，红酒散发出水果清爽的馨香，这支葡萄酒虽然称不上什么高端的品牌也不是产自什么了不起的年份，但口感相当鲜活，不带一丝旖旎，非常适合这顿饭应有的正直氛围。

他举杯：“感谢你上周的招待。”

“感谢你这周的招待。”

上班族的战线拉得还真是长……

“怎么样？”他看着我切下一块牛肉放进嘴里，细细品尝后咽下才问，表情却是分明的自信。

“‘班门弄斧’的部分确实是谦虚了，”除此之外我还能说什么呢，“‘用生命练出来的’才是事实。”

他向上勾了嘴角，坦然接受：“煎牛排的方法其实是我姑姑传授给我的，”他用刀尖沿着牛肉的纹理轻巧划过，“她曾经交往过一个米其林厨师，学到了不少技巧。她总是说美味的食物是应对生活最为行之有效的方法，可惜我只有牛排做得还可以。”

“大概因为我们活下去的能量全都来源于此。”我表示同意，忍不住笑了一下，想起一些以前的事。那是我们刚刚离开学校的时候，我才进到公司不久，安也开始准备搭建她的料理店。大概因为要从一种生活跨越到另一种生活，我们每天都在与茫然和不适做斗争，虽然心里明白这只是一个必然的过程，但焦虑也并没有放轻松哪怕一丁点儿，唯一能做的也只有把全部的生活投入进工作里，有时候饼干和巧克力棒都能成为一整天的粮食。然后在某个星期四，我加班回来，看见安像日出前找不到棺材的吸血鬼一样仰躺在沙发上，瞪着天花板，屋子里一片漆黑——我们两个都忘了去买电。于是那天晚上除了把冰箱里还没有发生异变的东西清理掉外大概什么也做不了，还好燃气因为基本不用所以余量丰富，我们点着蜡烛吃着两碗只有在烛光的摇曳下才敢往嘴里塞的鸡蛋面。尽管如此，这仍然是我们很久以来所没有的一次，没有做其他分心的事，就只是专注地吃一餐热乎乎的饭。

就是这样的一餐让我们突然就度过了那个惶恐的过程，当然稍微有点良心我会说主要应当归功于我们索性摔了碗出去吃的那顿烧烤。但那天和安争抢着烤鸡翅时，我们这段时间看不到尽头的辛苦突然就变成了一种连自己都佩服的可以拿来开玩笑的经历。我也因此意识到，大概喂养自己一些好的食物，是好好照顾自己的最低限度。而当你终于在某一刻意识到自己可以照顾自己了，才有了能够独立掌控生活的信心。

“也是那件事之后我才真的认真对待起烹饪这件事，我想好好地照顾自己，好好地照顾包括我的朋友在内的我生活中的一切。”我在他的目光里有些不自在地抿了口酒，“太自以为是了？”

“不，”他温声说，“事实上，相当的美好。”

我感到有一点脸红，说不上是因为他的话还是因为刚才喝的那口酒发挥了它鲜活的作用。

“不过说实话，”我缓解着气氛，“确实有时候只有计划着第二天吃什么，才让明天的到来变得值得期待起来。”

“这倒是让我想起来以前偏爱的一家咖啡店，”他表示同意，顺着我的话接了下去，“如果英国的生活还有什么特别让我割舍不下的，大概就是它了。我在画廊帮忙的时候，即便下雨也愿意为它早起半个小时，走过三条街，然后带着至少两种口味的咖啡回来，请最早来上班的人喝，但没人知道我的目标其实是那里的培根蛋烤三明治。”

我就这样想起了他曾说过的那第三个星期的周末，他带她去他偏爱的那家咖啡店，或者就只是把至少两种口味的咖啡带回到画廊，然后他们在伦敦多雨的街道上并肩行走，虽然在我的想象里还有些完全不可能存在的长柄伞和圆礼帽。

“雨水相当多这件事我无法否认，”他被我描述的画面逗笑了，“但那样的场景太过理想化。所以很遗憾，大多数时间还是牛仔裤和连帽衫，踩在一双浸满水的鞋里，浑身湿透，心情不佳，有时候一路狂奔，有时候就只能干脆放弃。”

“就像所有国家的下雨天。”我也笑起来，忍不住想起他曾经的样子。

那是我见过的样子。

在某个突如其来的恼人雨天，我们都没有带伞，只是一如既往在晚自习后偷溜回家，穿过整个操场，从教学楼走向自行车棚的距离，一场大雨就这样毫无征兆地在夜空里倾泻而下，雨点细密又冰冷，我们几乎同时回头看向教学楼的方向，估量着选择折返或者一口气冲向终点，却发现此时此地，我们就站在这空旷的中心，于是又同时看向对方。

那大概真的是个又傻又美好得不真实的场面，周围都是被大雨冲得四散的同学，我们却决定放弃奔跑，像是两个突然发病的中二少年，傻笑着走在连绵的雨里，我借着昏暗的路灯偷偷偏过头，眯起眼睛看他顺着雨水搭下的头发，遮挡住他的视线，看他伸手将它们抚平到后面，露出沾满雨水的额头，带着笑意的眉眼和嘴角实在有些无可奈何的弧度。

我在心里轻声哼起 *Fish in the pool* 的曲子，身体因为雨水的冰冷和灼热感到难以控制的微微颤抖。

而这个记忆和现在在我面前的人重叠了起来，还有那个想象中的、陌生街头的我从未见过的样子，构成了一个几乎可以称得上是相当迷人的画面，同时又真实得让人难以回避。

"对了，你刚刚不是说想要找采购生活用品的地方吗？"我坚强地将话题回归到我的主修范围之内，"这附近有一家店我要强烈推荐给你，是个本地品牌，叫作'Settle.D'，倒是也有网上商城，不过你可能没有听说过，它家唯独网络的部分做得极不走心……但是我可以用我的审美向你保证，它从设计到质量不输给任何国内外知名品牌。"我相当坚定地说，"只要跟生活用品有关的，大到家具，小到汤匙，所有你需要的都能买到，我的躺椅、小书架、灯，以及大部分卫浴用品都是它家的，"其实我发自内心想把全套都替换的，但有些是属于我爸妈的东西，还有些是各路好友从全国乃至世界各地给我带来的礼物，对我来说意义更甚一些，还是保留了下来。我遗憾地说："不过它家有一点不足之处就是经常缺货，而且大部分需要预订的货期都长得过分，不过真的很推荐你去看看，很近，就在商业街那边，有个两层的全玻璃建筑，还挺显眼的。"

我一口气说完，难掩热情的情绪，一提到这家店我就容易有点滔滔不绝，内心的储备非常丰富简直张口就来，毕竟我也是做了很多准备，比如要是失业了就去他们家应聘销售。

至于原因还用得着多做解释吗……

"如果不介意的话，能不能一会儿陪我去看看，"他听我说完，才问，"就当作是饭后散步。"

我当然不论是陪他散步还是单纯地去家居用品店心里都是求之不得的，但还是为自己的过分热衷感到有些不好意思。

"我可是做了贿赂准备的。"他不等我回答，起身去客厅的沙发上拿过来一个厚厚的文件夹递给我。他家里收拾得格外整洁——当然，主要可能还是没什么时间去添置杂物的关系。其实我刚刚在参观的时候就觉得这个文件夹放在那里实在太有存在感了，没想到是要给我的。"我原本打算晚一点再拿给你，但是既然你都已经承认我的牛排好吃了也就无妨了。这些是我这几年收集整理的一些资料，还有一些是自己参与过的项目，我整理出来一些多少有用的部分，虽然跟你手上那个案子不尽相同，不过有些思路很有意思，你可以参考一下，建议我都直接写在里面了。"

我已经翻开看了起来，资料内容非常详细，图文并茂，而且极具代表性，关键是他手写的条目全都是围绕着我的问题展开的，光看着，脑子里就已经涌现出无数想法。他是部门新到任的负责人，事实上从他正式就任开始到现在，在不影响正常工作进展的前提下，我们用了零零散散将近两个星期的时间 review 了近期结束和正在进行的项目，他自然清楚每一个项目的情况，但他能做到这个程度，我真是有种激动之情无法表述，语言不够用的感觉。

“怎么样，够不够贿赂你陪我去饭后散个步？”相比我的无以言表，他只是泰然自若地喝着酒，“不够的话我再想想办法。”

我严正警告自己，这一切毫无疑问是为了工作，肯定对项目不对人，这种资料一定是部门财产人手一份，冷静理智如我是绝对不会陷入妄想的。

我冷静理智地说：“这位领导，相信我，虽然我对你的能力没有一丝一毫的怀疑，不过，我要说的是，你真的不知道在你来之前唐大老板对你是有多么魂牵梦萦，现在我完完全全理解了，一点都不觉得他那个样子夸张了。”

他看着我，挑了挑眉：“这我倒没想到。”他露出一个若有所思的微笑，才说，“那我就当作你接受了？”

我点头点头点头。

手上又翻过一页。

“好了，晚点再慢慢看，现在好好吃饭。”他越过桌子，只用两根手指就把那本厚厚的文件夹捏起来扔到了我的视线之外。我一路盯着文件夹，跟随着它离我而去的轨迹，全身心都恋恋不舍。

他有些无奈，倾身为我的酒杯里添上酒，把我的注意力拉回来，说道："我听过你的汇报，知道你的顾虑在哪里，其实这个项目你不要太受人的因素影响，虽然客户内部的意见看起来针锋相对，但事实上并不矛盾，品牌部门的思路看似保守，但考虑的是国内的大环境，有一定的现实基础。而宣传部门想要展现的则是更具未来性的品牌发展方向，只是看得出来有些脱离国内市场，只是一味地照搬西方的模式，但是过去和未来并不是脱节的，这两个部门的要求实际上应该是一个互补而延续的关系。"

我就说是谈个恋爱就能解决的问题嘛！

"其实我们也不是没有考虑过这个问题，将纪念展和发布会设计成像是博物馆里的时装秀这样的模式，但是这个品牌毕竟还达不到……"我一边思考用词一边尝了一口罗宋汤，却立刻被这汤的美味惊艳得忘记了要说什么，我低下头看着勺子，疑惑地问："……这个汤为什么这么好喝？"

虽然可以看得出来因为条件有限简化了一些食材，但是汤味浓郁，酸度适中，相比我以往喝过的任何罗宋汤来说整体的口味都要更加鲜明，竟然有种突破格局的感觉，不知是怎么做到的……比起他"用生命练出来的牛排"，这道汤分明才是深藏不露。我又多尝了两口，强烈忍下想舔勺子和直接捧着碗上的冲动，虽然勉强维持着餐桌上的形象，但心底里已经彻底臣服觉得不管怎样都好了……

果然抓人心先抓胃，真不愧是前人总结下来的内脏攻略。

等等，结果反而是我被这一招攻略了吗？？不不不，我的心和我的胃真的已经不需要更多的助长了……

我进行了如此长篇幅的内心活动，他却只是勾了勾一边的嘴角。

“加了一点点柠檬提味，”他用吊人胃口十足的语气说，“其他的就是商业机密了。”

“……”我无言以对。

我开始哼《碟中谍》的主题曲。

他没防备，被呛了一下，夹带着笑，咳得停不下来。

我被他的笑声传染，也没绷住，跟着他一起笑出声来。这一瞬间就好像回到了高中的教室，在下课的十分钟里，前后左右围在一起，因为什么幼稚得一塌糊涂的事情笑成一团，全然不顾那些打了一节课瞌睡终于栽倒在桌子上的同学迷茫又幽怨的眼神，那时的我们真是又傻又年轻。

邵宇哲总是周围同学之中最捧场的那个，我说的笑话他总是能够精准地捕捉到笑点并且很配合地笑得前仰后合，我推荐的各种漫画小说电影，他也总会在不知觉中就看完了，然后在连我自己都快淡忘的某天跟我谈起，勾引我再次兴致勃勃小宇宙燃烧地跟他说个不停……总而言之，碰到邵宇哲，我就会不自觉地话多又聒噪起来，真心希望他不会某天觉得我烦从而再次断绝和我的往来。

但是现在他一如当初那样捧场，这让我有了一种熟悉而心安的感觉。

一顿饭吃到晚上八点，我们从过去聊到现在，从同学聊到同事，工作话题则被严格禁止了，要不是约好了饭后散步，我们大概会一直这么聊到商店关门。我帮他清洗了碗盘，主要他负责洗，我帮忙擦，顺带着偷偷清点了一下他厨房的储备。果然他只是为了这顿饭特意采购了一些急用品，租房的过渡阶段也就算了，如果旧房子真的如他所说的闲置了那么久，估计需要购买的东西可以列出相当长的一张清单了。

唉……自从阿墨和肖远的新房装修好了以后，我这一身的置家技能也是寂寞如雪啊……

等等，这个形象果然非常的不妙啊！

我不禁偷偷地看了他一眼，发现他并没有注意到我的过度兴奋和热切，这才偷偷地松了口气。

我们走在商业街的步行道上，周围都是三三两两晚饭后出来散步逛街的男女老少。这条商业街是近几年才建起来的，和我住的地方隔着一座公园。市政规划开发重建的时候以那座公园为分界线，界线之外是新生的楼盘和繁华的商场，界线以内的则都是一波不新不老的小区，建成时间也不早不晚的，风格在那个年代算得上是比较超前，现在倒是刚好被时代赶上，所以也没什么动的必要。我家就属于这片小区，存在得相当稳定。

而邵宇哲租住的公寓则是在另外一个方向，到我家和到商业街的距离刚好差不多，从地图上看，这三个点形成了一个完美的……等边三角形。

他突然笑了一下。

"还记不记得高中时我们几个因为方向差不多，总是一起骑自行车回家。"他指着公园另一头的出口说，"骑到这里就剩下我和你，然后你往这边走，我往那边走。"

"当然记得，虽然规定要住校，但有时候也会在老师走后偷偷骑车溜回家。"我跟着他笑起来，夜风吹过脸颊的凉意，竟然有种记忆中熟悉的气息。

"那时我们也是像现在这样，东南西北地聊得停不下来，然后常常绕路，回去的时候都很晚了。"他摇摇头，"现在看来真是太不注意安全了。"

"是啊，"我心虚地把眼神移到一边，"因为一路上经常能发现些漂亮的地方，很有趣的店，还觉得算上这些收获，被老妈念叨上几句也算是值得了。"

很多熟悉的画面从脑海中浮现，那些共同回忆里的点滴也像是一把把钥匙打开了陈年的锁，这种莫名亲密和默契让我心里温暖起来。

"漫画店，游戏软件店，动画碟点，动漫周边店……"他笑着列举那时我们所谓的收获，"对于即将高考的考生来说，相当不务正业。"

"喂喂喂，当初某个人也没少买，互相换着看的时候也没有出现考生的自觉哦。"我不服气地回他。

"到了。"

"你耍赖，岔开话题。"我还没有反应过来他在说什么。

"我是说，到了。"他笑，指了指我另一边的方向，我跟着他的指尖转头。

两层的全玻璃建筑，确实相当醒目。

默默地跟在他身后走了进去。

“Settle.D”这个名字结合所贩售商品的性质，虽然第一时间会让人想到“Settle Down”这层意思，不过事实上“D”是设计师一位重要朋友的名字。我之所以知道这件事，是因为曾经在一个彼此都有些匆忙的场合跟设计师本人有过一面之缘，那是一个相当好脾气又有些腼腆的人，因为时间太紧，我脱口请他告诉我一件有关他的特别的事，于是他告诉了我这个名字的典故。

真是什么时候想起来都是美好的记忆，以及极其羞愧自己怎么可以在那么重要的时刻表现得如此莫名其妙的残念……

唯有死心塌地忠于这个品牌了。

店门口放着店铺介绍的小册子，除了商品名录、设计理念外自然也有品牌故事。大致就是讲设计师是本地人，在名校学的设计，年纪轻轻就斩获各种大奖，回国后和几个朋友合开了这家店之类的。他们家的设计整体还是偏向简单实用的，比较符合现代人的审美取向，又在细节方面处理得格外具匠心，确实不管什么时候看都觉得越看越喜欢。

商业街在周六日营业到十点半，我们的时间相当充裕，他推着购物车慢慢走着，我则跟在他身边东摸摸西蹭蹭。这家店还有个非常便利的地方，就是所有的商品都有一个二维码，顾客可以像在普通商店那样现货交易，一手交钱一手拿货，如果东西太多或者太大件，也可以用它专有的手机软件扫码登记在线交易，然后由店家统一送货，包括缺货预订也是同时完成，大概是因为缺货缺成习惯了，这方面的服务做得尤其到位。

我们一边走一边讨论他的租处和旧房子缺少些什么，然后一件件比对商量买哪种好，有那么一瞬间我突然觉得这个样子在不知情的外人看来是不是像是一对新婚的夫妇，吃过晚饭出来散步，为新家购置生活用品……我一边将这种危险的思路从脑子里赶出去，一边又觉得我果然是上了年纪了，居然被这个想法感动了。

就好像单身了那么多年，并不觉得独自一人的生活有什么不好，而现在，突然又觉得两个人的生活似乎也算得上不错。

我想我不过是随遇而安罢了，只可惜现实也从来不是什么恰到好处的故事，既不会让我安安静静独自一人过着我没什么不好的生活，当然也不会在我觉得两个人也不错的时候给我一个……我默默看向邵宇哲。

不过说到底生活向来如此，也没什么值得抱怨的了。

“暖暖？”我正在对着一个平底锅的平底感慨人生的不完美之处，突然听到身后有人叫我的名字，并说道，“果然是你。”

虽然听起来像是先疑问后陈述的句子，不过实际上语气毫无起伏相当冷淡，冷淡到有些无趣的程度，风格辨识度之高实在难以错认，我不用回头看就知道是谁。

安那间日本料理店里的主厨，任奕鸣。

“咦，你回来了啊，”我把平底锅放回到货架上，才转身看他，“什么时候回来的？”

“昨晚。”他简单地说，微微移了目光看向我身旁的购物车，问，“你要搬家？”

“……为什么是搬家，”他还真是具有敏锐的观察力和联想能力，我解释道，“陪人来买东西而已。”

我简单把他的问题过掉，对他为何会出现在这里充满不解，问道：“料理店不是差不多还有一个星期才正式营业吗？你怎么这么早就回来了。”

安的店因为重新装修，放了员工休假。考虑到上半年工作辛苦，也是机会难得，安干脆放假放得彻底一点直接安排成公司福利，送他们组团旅游去了。只有主厨不合群，不声不响地就一个人跑去了日本，据他自己说是修行去了，走的时候连声招呼也没打，只是为了便于紧急情况的联络告知了安他的去向并留了联系方式而已。安说起这件事的时候，我听到“修行”两个字眼前立刻就浮现出他在荒山野岭里坐在一块石头上冲瀑布的神秘分镜。

这位主厨大人回来的时候更是仿佛从平地里长出来的一样，酷炫成这样，为何。

“这位是……”邵宇哲放下手上拿着的刀具，疑惑地看着任奕鸣，问我。

“安店里的主厨，任奕鸣。”我指指那个终于把目光放到邵宇哲身上的人，正式介绍。

然后再转过来指指邵宇哲说：“我的顶头上司，邵宇哲。”

嗯，我感到了格式上的完全对称。

“我和冬是很多年的朋友了，幸会。”邵宇哲带着点无奈地解释，他礼貌地笑着伸出手，“听冬提起过你，说实话，没想到你这么年轻。”

“冬？”任奕鸣无意义地重复了一下，最终面无表情地和他握了握手。

“就是我了，”我指了指自己，“可能你们没注意，这是我名字里的另外一个字。”

虽然我的话有一点点语气不佳的嫌疑，但其实这件事说起来确实是有些郁闷的。由于安的存在感实在太过强烈，所以基本上认识我的人没两天就被她带跑了，都跟着她叫我暖暖，从余墨、罗林到任奕鸣，可谓是辐射性地影响了一拨又一拨的人，以至于后来就连客户都开始叫我暖暖，也是形象一路亲切得拦也拦不住了……

可是只有邵宇哲习惯叫我冬，在我还没有意识到自己喜欢上他的时候，我曾经问过他为什么，他只是说因为他觉得“暖暖”这两个字不太适合我的性格。

在他这么说的时候我还没有具备会多想的条件，等我事事都开始多想的时候也早就已经习惯了这样的称呼，以至于从未注意过，这称呼竟然是如此的独一无二。

但是仔细想想，这个世界上所谓独一无二的事情，大概也只有被人赋予了情感上的含义，才会真的变得独一无二起来，如果分离了这些感情，其实也不过是一些寻常的小事而已。

任奕鸣看向我，露出以他的情绪表达可以称之为困惑的表情："你的上司不是唐磊么？"

"……那个就太靠上了，"我多少有点哭笑不得，面对任奕鸣这样的冷淡脸又实在吐不出槽来，"之前我们部门负责人的位置一直空着，只是暂时直接向唐磊汇报工作而已……你要真想知道，有空我慢慢跟你解释。"我随意地敷衍了两句，打定主意他的人设就是对料理以外的事情都不感兴趣，并没有跟他细说的必要。我看他两手空空，以这家店的购物方式很不好说是什么都没买还是买得实在太多直接走物流了，我憋不住好奇心问他："话说你是有什么要买的东西吗？"

这家店也是我推荐给他的，但他住的地方离这里可不是什么饭后散个步的距离，在线购买是再合适不过的了，这家店自己的物流同城送货一天就能到，方便快捷，所以我实在想不出他有什么必要在这里亲自现身。

这样说来我还真的是逢人就推荐呢，是不是应该和这家店商量个回扣什么的……

在我认真思考拿回扣这件事的可行性时，任奕鸣竟然也停顿了一会儿，他看了看邵宇哲，又把视线越过他看向遥远的地方，才说："置物架。"

铺垫了那么多就买个这个？？？

……不用上班的人果然很悠闲呢。

"好吧……"我充满怀疑地眯了一下眼睛，"那你先慢慢逛吧，我们这边也还有好多东西要买，改天再聊。"我对安静地站在一边并没有打算加入我们的邵宇哲示意了一下，决定寒暄到此可以各自走开了，然后我突然想起来个事儿，回头问："对了，安说你是去日本修行去了，你有给我带手办吗？那个，荒山野岭的猴子什么的。"

"我去探望了老师。"他用奇怪的眼神看着我，说，"没有。"

再见。

居然都没有礼物！

"他大概是说没有猴子。"邵宇哲间隔了好半天，直到我们挑完东西付完款他才突然冒出这么句话，估计是一直在考虑应不应该说。

我一时半会儿有点没想起来他在说什么，想起来的时候又有点无语。

"然而也没有礼物。"以我对任奕鸣的了解，我坚定地说。

"他对你……"他露出个复杂的表情，似乎是找不到合适的词汇，半晌问道，"他喜欢你？"

这词找得也太不合适了吧！

"哈哈，"我干巴巴地发了两个音，白了他一眼，"一点也不好笑，他总共就说了这么……"我掰着指头算了一下，"四五六句话，你是怎么得出这么神秘的结论的？"

"感觉到他对我的存在充满了……敌意？"邵宇哲思量了半晌之后，仍旧用那个找不到合适词汇的复杂表情，语气委婉地说。

"啊，"我明白了，安慰他道，"别担心这个，他大概是对所有不能成为食材和厨具的事物都充满敌意吧，也不知道是怎样的成长环境长成这样的性格，不过等到相处的时间久了，彼此适应了，就会发现他可能只是个有点偏执的笨蛋而已。我觉得他就是恨不得把一天二十四小时投入到专注的事情上，却不得不做那些人类为了维持存活状态不得不做的事，于是好生气哦的那种笨蛋，并不是真的有什么敌意。”

可能“好生气”后面没有那个“哦”的语气词，但是主厨这么高冷，就是想多加一个字增加点趣味性。

“是这样吗？”他看不出情绪地反问。

“相信我。而且算起来其实我才应该是他最讨厌的人。”我说，“你知道，我以前总是在中午的时候跑到安的店里蹭厨房，他是主厨，基本上这个行为就等同于被不明生物入侵了地盘，要不是我们在此之前就已经认识了一段时间，我可能已经被他杀掉然后案子到今天都还没能告破了。”至少案子到今天都破不了这部分真的不是在夸张，我回忆了一下他面无表情的脸，继续说，“尽管这样他也还是特别嫌弃我，我还记得他第一次尝试我做的食物，还没有吃就把我从头到脚鄙视了个干净，说什么厨房是神圣的地方，我这种外行是不可以胡闹什么的。他这个人真的对万事万物都没有兴趣，唯独对料理特别认真，认真得都有些偏执了。但我当时也是真的没有拜托他吃，真的，没有，拜托，他吃，完全是他自己凑过来的。”但他凑过来后，又带着种奇妙的礼貌，像是得不到主人邀请只能徘徊在外的那类魔物一样……我摊手，“我实在看不下去了才问他要不要试试的。”

前尘往事真是历历在目。

“不过我才不会退让，争地盘不就是要好好打一架嘛。”我嘿嘿笑着说。

他无语地向上看了看说：“像小动物一样。”

“……大动物也会争地盘的。”我说。不明白为什么即便是在这样的情况下，在这个人面前，出现了小动物这么萌的比喻，我的反应也还是如此的痴呆。

“后来他拉拉杂杂地说了一大段专业术语，还牵扯到营养学和美学，不过我一个字也没听进去，”我暗戳戳地说，“直到上了一下午班都回到家了我才突然反应过来，他莫非是在夸我？”真是多亏了我聪明机智冷静理智，当然最重要的是对自己的手艺定位清晰，才能领悟到这么深邃的含义，我笑了，“那之后就好像是通过了什么考验了一样，他就不太排斥我出现在他的厨房里，偶尔还会指点我一下，也会指派我去做些打下手的活儿，不过有时候我突发奇想做些什么实验性的东西，如果失败了他还是会突然炸毛……感觉就像逗猫一样，这样一总结，意外地还有点可爱。”

“我觉得他看起来不像是那种喜欢别人说他可爱的人。”邵宇哲看着前面的路，那是去到我家的方向。我偏头看他的侧脸，他抿着唇，眼角弯弯的明明在笑，却有种奇怪的疏离的感觉，似乎是一瞬间的错觉，因为再看过去，他那种微微笑着的样子仍旧和我记忆里的一模一样。

“我倒是觉得他可能也不太在意这个。”我有些不确定地移开了视线，不经意地说，“要真说起来，他其实还是我捡回来的呢。”

“捡回来？”他愣了一下，疑惑地看着我。

“是啊，”我想了想，“说来话挺长的一个故事。”

那是我在我们陈总监“看资料一日，不如奔跑十里”的教学理念下奔跑了几千里以后的事了。我终于得到了公司的信任，第一次独自负责一个项目……当然这是自我安慰的说法，真实情况其实是，陈总“躁动式教学”的第二步就是要将年幼的狮子推落山崖，爬上来的才能成为新的狮子王，爬不上来的……大概就是临时工之类的吧……

那时的我还只能算个新人，又绷得太紧，再小的事也会觉得像是天都要塌下来了。我记得那个项目是本地一个行业举办的交流活动，地点就在任奕鸣上一份工作的酒店。其实流程相当简单，时间也只有一天，只是因为酒店方面的疏忽，加上我又经验不足，于是在晚宴的安排上出了些问题。幸好，我毕竟是第一次独立负责项目，难免事事都不放心总是忍不住一遍遍不停不停地反复确认，才能在活动开始的头天晚上发现这个问题，虽然免不了加班加点，但好歹发现得及时，倒是有惊无险地解决了。

当时安排来协助我们加班的就是任奕鸣。说实话，一个本身就长得很好看的男人，带着一种长久自律形成的洁净感，表情高冷地穿着厨师制服，认真而专注地做料理的样子，已经足够让人印象深刻了。然而当他把玉子烧放在我们面前的那一刻，我才真真切切地感受到了什么叫作惊为天人，那一刻我真是万万没有想到，在这么焦头烂额的时候，居然还有人能四平八稳地给所有人做了个消夜……

当然是做得非常好吃的，就连我一个从来不热爱鸡蛋的人，都吃得完全停不下来。

虽然后来对他日益了解之后再回头想，他表现得如此四平八稳的原因可能是……他确实对我们的处境丝毫不感兴趣。

但从另一个方向想，在他所关心的范围内，能想到帮我们每个人做一份消夜，这个人其实内心还是挺温柔的也说不定。

……毕竟那份玉子烧真的是太好吃了……

向美味势力低下了头。

不过虽然问题是有惊无险地解决了，活动结束之后我们仍然要向酒店方追责，他们那个行政主厨……怎么说呢，是个我实在不愿意评论的人，后来我通过别的渠道打听到，是因为他之前和供应商一些不干不净的事，任奕鸣曾经得罪过他，所以他想借此机会把锅甩到任奕鸣身上，一石二鸟，不但推卸了责任，还能借由这件事开除任奕鸣。

当然这是后来才知道的，但那时的我即便没有这些辅助信息，也不过是经验不足过分紧张而已，还不至于判定不出来问题出在哪里。而且，为了能在项目结束后方便梳理过程总结经验，整个项目的过程文件我保留得格外完整，连随手写的便笺都没放过。于是作为一个热血又仗义的年轻人，我不但愿意帮任奕鸣做证明，甚至还找了陈总拜托他能不能有什么方法向酒店施施压，至少让行政主厨离任奕鸣远点。但是不管我再怎么义愤填膺，当事人也仍然是毫无兴趣的样子。说白了，他根本没有把行政主厨放在眼里，之前会和他起冲突，也不过是因为供应商以劣充优影响了食材而已，而这整个背黑锅事件里，他唯一认真考虑的事情，也仅仅是他在这家酒店既做不了什么，也学不到什么了，确实差不多该离开了……

那时候安的店还没开起来，甚至就连资金的不足也远远超出我们的想象。阿墨当时还在想办法从父母的掌控中脱离出来，我和罗林就算是掏空家底也解决不了任何问题，但是任奕鸣的玉子烧真的做得太好吃……当然，主要是因为把像他这样心思专注，纯粹为了料理而研习料理的厨师放走了实在可惜，我就一时冲动，问他愿不愿意考虑去一个地方不大，全新完全没名气，甚至连能不能开起来都不知道的料理店做主厨。好处是我们有个只懂吃不懂做的老板，所以厨房以内食物相关的所有事务，他都有绝对的话语权。

其实说到最后我都有些心虚，但他却听得极其认真，问了我几个问题以后，剩下的具体内容就是安和他谈的了。虽然有我擅自做主的部分，不过以我对安的了解，基本可以保证她不会反对。结果更加万万没有想到的是，任奕鸣和安谈完之后连资金的问题也一并解决了……

“说起来任奕鸣是带资进店的啊……”追忆到最后的部分我突然想起来这件事了，“安的店至少有三分之一算他的……”

安还是占大头，虽然我和罗林、阿墨本来是打算借钱给她的，但是怕她有压力，所以也干脆入了伙。只是那时我们才刚刚工作，那点钱当时是掏心掏肺的，现在再看真是少得不值一提。

所以任奕鸣是合伙人……不，以雪中送炭的程度和没他就没有后来的事的重要性来看……他是金主啊……

我刚刚仿佛用了“捡”这个词来描述金主……

不过仔细想想也没什么不对，捡到钱也是捡嘛……

“后来就像之前约定的一样，安负责经营，食物以内的事则全部由任奕鸣说了算。”我总结，琢磨了一下说，“这么说来，貌似他嫌弃我乱入他的厨房也确实嫌弃得挺有道理的……不过既然健康证都办了我乱入的行为也得到了默许，说明他也确实是认可了我做的东西吧。”

这样一想这人分明是个傲娇系的嘛。

因为没有得到回应，我看向邵宇哲，见他一副若有所思的样子，我正想问他是在我的故事里发现了什么值得深省的部分吗，他却扬了扬嘴角，说：“原来你不喜欢鸡蛋。”

实在是太值得人深省的部分了！

“煎太油，煮太干，蒸太腻，打散之后怎么做看起来都有点略恶心。”我老实地说，我没有任何对鸡蛋不敬的意思，但人总得有点不喜欢吃的东西吧。“话说我讲了这么长一个勤勤恳恳、兢兢业业，其中包含了‘认真’、‘负责’、‘加班’、‘解决’等关键词的故事，顶头上司大人真的就只看到了鸡蛋的部分吗……”

对食物如此执着，感觉连任奕鸣都要输了呢……

“不，我只是脑子里突然闪过一个画面，”他嘴角上扬的角度变得更大了，用一种非常缓慢的方式描述了这个画面，“你掀开面包片，把煎鸡蛋拖出来，塞到了纪安的面包片里……然后拿走了她的培根卷，是什么时候的事了？”

“有人讨厌就会有人喜欢这是世界的规律！”我大窘地为自己辩解，为什么明明是正常的挑食被他用这种语调讲出来简直是羞耻得不得了！这个过程怎么会这么详细啦！到底什么时候被他看到的啦！

“再说我现在很喜欢鸡蛋的……”我微弱地辩解。

“对，你说的对，”他忍住笑，“喜欢就是这样，在正确的时间，以一个正确的方式。”

我困惑起来，“……我跟鸡蛋之间有这么深沉的命运感吗？”

这让我下次打开冰箱的时候要用什么表情去面对鸡蛋君。

他终于憋不住，大笑起来，我仍然搞不清楚这部分有哪里好笑。

“星期一见。”他没有回答我的疑惑，只是一边笑着，一边把帮我拿着的东西递还给我，那个厚厚的文件夹以及——是的，我去“Settle.D”怎么可能什么也不买……我的智商还残留在鸡蛋的部分跟不上来，呆滞了半天才发现，原来我们已经走到我家楼下了。

这个时间点也确实不用客气请他上去坐坐了。

“今天过得很愉快，”他诚恳地说，尽管还有些未能散去的笑意，在他眼底散出细碎的光芒，他最终说道，“有不少的收获。”

我看看他手上拎着的杂物，更不要说还有下了订单等送货的大大小小，确实收获喜人，我果然一身置家技能点到满。

“不用客气，”我也回以诚恳，“大家都是朋友，有什么需要帮忙的尽管开口。”

他挑了挑眉，没有说话，只是冲我挥了挥手，我目送他到视线以外的地方，才转身上楼。

大家都是朋友。

其实也没有想象中的那么难嘛。

第六章

自酿酒与鲜花饼

像你这种看见玫瑰花就只能想到做鲜花饼的人，

等你开窍等到夕阳红都未必等得到。

周一踏着睡得饱饱的步伐来上班，嗯，睡得太饱，差点迟到。

我用了周日一整天的时间来研究邵宇哲给我的那一厚文件夹的资料。一整天的意思是，几乎看了二十四个小时，那简直就是个资源宝库。做给服饰公司的方案比预期更快地就修改好了，今天再和设计部讨论一下，不管明天是否能如奇迹一般让客户那两位负责人看对了眼——多半是不能的，但这个改进的思路至少应该可以打开一个全新的讨论方向，前景还是比较值得往光明的方向看去的。

这就足以让我安心地饱饱睡一觉了。

以及睡过头。

我们部门因为工作性质的关系，出外勤的情况比较多，为了避免时间和精力的浪费，跑项目的时候基本上都是直接去现场或者直接回家，不是非常必要不需要回公司，所以上下班时间常常很不固定。但这也不意味着想来就来，想不来就不来——不过是另一套管理方案罢了，所以为了我的“全年无违纪”奖金，在不该迟到的时间里我从来没有迟到过，能按时走进部门办公室我还是很庆幸的。

迎面而来两张快要憋不住了的脸。

我环顾了一圈，这两天正值各种大大小小的项目集中上线的时期，部门人员基本都在外面忙，所以今天除我以外，就只有夏阳和助理小妹妹还残存于此了。

我警觉地看着这两张脸，疑惑他们俩这仿佛吃坏肚子又恰逢卫生间清扫中暂停使用的表情是怎么回事……莫非是公司里谁又受我感召研究起黑暗的食谱了？不是有过协议，有外勤和接待任务的部门要重点保护不到万不得已不参与人体试验的吗？

我谨慎地走向办公桌，时刻准备一有情况立马转身就跑。

……话又说回来这家公司到底怎么回事啊，怎么我总是一大清早就处于时刻警戒状态……

然后一团红艳艳的事物就侵略了我的视野。

一束玫瑰花。

旁边还放了一个袋子。

我立刻就猜出来这两样东西是个什么来历了，不过还是以防万一拿起来翻看了一下，没有卡片也没有便笺，完全是放下就走的节奏嘛。

“你来晚了。”因为其他主力都不在，夏阳便承担起办公室八卦的猥琐大任。他是跟我同期的毕业生，也是差不多同一时间进到公司的。由于性格相当活跃，他深得人民群众信任，也算是部门内固定项目都经历过、对发生过的任何以德服人的事都相当清楚的存在。这个“存在”滑着椅子就荡了过来，扒着我的桌子说：“大厨十分钟前来的，九分钟前走的。”

助理小妹妹倒是刚来不久，矜持尚存，只是贴着发票的手都慢了下来。

“走之前给你们早餐下毒了？”我才不在意，只是闻了闻玫瑰花，再仔细看了看，花瓣很嫩，还带着水意，有一种干净新鲜的芬芳，早上闻到这个味道简直感觉一整天都会美好起来。

“邵总来得早，已经在这儿转悠半天了。”夏阳憋着脸说，“感觉他对这事儿挺上心的，老同学什么的，剧情很多啊。”

“虽然是上司，但也是新同事，”我对此表示冷静理智，教育他，“老员工有义务向新同事介绍公司的情况。”

“但是这个情况连我都是新手上路啊暖总，直接怀抱着一整束还是包装过的玫瑰花亲自送过来，大厨已经不是我们认识的大厨了。”夏阳感慨完了，又恢复到之前那个吃坏肚子的表情，“而且不仅仅是邵总，就连大 Boss 路过的时候也多看了两眼。暖总，春天到了啊。”

这都深秋了哪里来的春天，完全是春天的相反方向吧！

我决定终止他混乱的进程。

“看着这束玫瑰花，”我一大捧地放在他面前，自上而下含笑看着眼前这个跟我同龄的年轻人，说道，“闻一闻它的味道……现在，知道我要说什么了吧。”

他立刻做出一个标准呐喊的表情，怎么荡来的就怎么荡回去了。

切。

“你们在打什么哑谜。”邵宇哲堪堪从夏阳身边擦过，一脸困惑地问。夏阳苦笑着用手捧住脸颊，向我们的顶头上司重演了爱德华·蒙克那幅世界名画，然后就把脸埋在电脑前面当他自己不存在了。

在一旁竖着耳朵听的人也立刻缩回去，开始假装打电话。

我对自己以德服人的地位感到非常的满意。

“早，”我把这个微笑平移给邵宇哲，才将玫瑰花小心翼翼地放在桌子上的空处，说，“看来我确实错怪任奕鸣了，你说得对，他确实有给我带礼物。”

“从日本带回来的玫瑰花？”他挑了挑眉。

“不是，是这个。”我拿过旁边那个袋子打开，露出里面的东西，“虽然我通常不喝酒，但这个是例外，这是他老师自己酿的甜酒，度数很低，我之前在他那里尝过一些，是真的非常好喝，只可惜是非卖品，而且貌似他老师也只是兴致来了偶尔酿一些。任奕鸣那么尊师重道的一个人，肯定不会特意去请他做的，所以真是相当的难得……我当时遗憾了很久，没想到他还记得。”

傲娇系也是自有可爱之处的嘛。

我看了看四周，虽然现场只有两个人，但也要注意信息安全，我把声音压低到几乎只有口型的程度，对他说：“下次来我家给你尝尝看。”

“任先生真是有心人，”邵宇哲不为所动，一脸似笑非笑的表情，“那玫瑰花又是什么来历？”

我立刻嘿嘿嘿嘿地笑了起来。

“好久没做玫瑰鲜花饼了，”收到特殊食材的感觉最棒了，简直就像是以文会友一样，我们饮食界也是可以相当风雅的……好吧，任奕鸣是饮食界，我只是吃货而已。我解释道：“一般花店卖来观赏的玫瑰我不太敢做食用，别的地方的又始终不太如人意，只有任奕鸣知道哪里能找到新鲜干净的玫瑰花。”我惋惜地叹了口气，“只可惜他说是商业机密，不管我怎么威逼利诱都不肯透露给我他是在哪里找来的，安那个笨蛋也是，说不管食材就不管食材，连卧底都不愿意做，简直一点用处都没有。”我忍不住愤愤地抱怨起来，提起憋屈的往事又把纪安同学鄙视了一遍，“所以只能仰仗任大厨随心情供货，不过以往他都是提前把玫瑰花瓣腌渍好的，这次还是第一次整束地送，又感觉到了人与人之间的信任了呢。”

所以这又是一个全公司都知道，就是没人肯误会的事件，我真是一个不但恋爱绝缘，就连绯闻都上不了身的正直青年……话说这么大一束花，算算应该还是可以做上不少鲜花饼的，夏阳同志……还是当他挽救及时不跟他计较吧，他那份就不收回了……

“真不知道该更同情谁……”我还在脑子里盘算大概的分量还有分发的方式，就听见邵宇哲扶着额，小声地说了一句什么，我没听明白，正打算开口问，他却突然深吸口气，先一步说道：“对了，我刚从唐总那里出来，他说如果看到你，让你过去一趟。”

这消息让我立刻忘记了刚刚想问什么。

“……终极 Boss 召唤，你不早说。”我感到一阵难言的槽意……不过既然唐磊只是让他顺便带话给我而不是亲自出来抓人，连电话也没飙一个，肯定也不是什么重要的事，正常来说我应该也不是太想积极响应的。

邵宇哲显然明白我内心所想，冲我摊了摊手露出个无辜的表情，回他的办公室去了。

我不怎么紧迫地走去唐总办公室，门是开着的，我象征性地敲了敲，探了个头进去，大老板正在讲电话，看到我在外面，伸出右手的食指，勾了勾让我进去，又绕了一圈让我把门关上，向下点了点让我坐下。

行云流水地指挥结束，他刚好挂上电话。

我保持微笑，默默地看着他。

“臭毛病改不掉了。”他立刻反应过来，露出个歉意的笑，紧张地把那根手指在衣服上蹭了蹭。

我没绷住就笑喷了一下。这件事我倒是知道，起因是安有一次偶尔见到唐磊这样指挥下属，觉得这种行为实在太不尊重人了，结果是后来唐磊再也没这么做过。据安说，她真情实感地“和他讲了讲道理”，这样看来安的道理讲得确实挺真情实感的……

“唐总，您找我？”毕竟是大 Boss，笑得太开显得太不给面子了，我立刻就把话题切入正事。

“先说正经的。”唐磊搓了搓手，一副公司今年的生死存亡就全指望这次谈话了的重大架势，“我看到你桌子上的花了，任奕鸣送来的？说起来你确实好久没做鲜花饼了。”

果然是最正经的事……好吧好吧你吃得最多先分给你。

唐磊对鲜花饼的分配一脸的心满意足。

“其实任奕鸣这个人也挺不错的，”他也不知道沿着哪根分叉的神经走入了怎样的迷途，“虽然我也没怎么接触过他，不过你们不是很有共同话题吗，我看感情也不错，怎么一直没有发展一下。”

“唐总，”我用面对唐老板时惯用的呆滞表情看着他，“抛开那个奇怪的问题不说，您当初追安的时候可不是这么评价任奕鸣的。”

闷骚，阴暗，自以为是，别有用心，而且作为安身边可能会造成威胁的男性之一，您也确实想动手跟人家接触来着，只不过被安打出来了而已。

当然，以任奕鸣那个连邵宇哲都会误会的特点，也确实不能全怪唐老板。

这也是为什么我对邵宇哲那个四五六句话之后得出的神秘结论立刻就明白过来的原因，我是有经验的。

等等，说起来唐老板您的原始设定不是一向公私分明划得绝对干干净净的吗？

怎么仿佛就没出现过办公时间办理公事的画面？

“我听安说你终于有那方面的心思了？”唐老板不愧是当老板的，人设崩于前而面不改色，只徐徐地说，“我一直以为她是拿你当挡箭牌不想结婚。其实我也想通了，她不想结也没关系，只要她人是我的就行了，倒是没想到她真的和你约好了……”唐老板陷入沉思，然后擅自决定只要结果不追究过程，“总之你有心思就好了，有这个心思就好办事儿了。”

什么叫作不想结也没关系，你俩给我正常一点行不行！好好沟通一下成不成，这么简单就说通的事情，把我的篇幅还给我！

那方面的心思究竟是哪方面的心思啊，你们俩还有完没完了，从头到尾我就是问了一句和对的人在一起是什么感觉哪来的什么心思啊！

“你手上那个项目进展怎么样了？”我还在仰仗着自己冷静理智的优点拒绝将心里的吐槽爆发出来，唐磊那边忽然又想起自己的人设了。

“策划书已经改好了，约了对方明天开会面谈。”然而我是不相信唐总会特意过问这么前不沾亲后不带故的项目的，于是小心谨慎地交代，又有点犹豫要不要提一下邵宇哲帮的忙，感觉不提有点抢人家的功劳，提了这事儿又担心唐老板好不容易想起来的人设恐怕是要彻底无法挽救了。

“那你觉得梁景春这个人怎么样。”唐老板一开口，不管我提不提邵宇哲帮忙这事儿，他的人设都算是完蛋了。本尊还无知无觉地抚着下巴，思考得特别认真，说道，“我见过他几次，长得挺精神的，人也挺有能力，只是听说他家庭条件好像稍微差一点，不过没关系，英雄不问出身，现在正是风生水起蒸蒸日上的时候，应该没什么是钱解决不了的问题。而且我没记错的话，他年纪好像比你大个六七八岁？也是在相当合情合理的范围之内嘛，虽然性格好像是有点大男子主义，不过往好的方向说，可以看作是有男人味嘛。我听说他很欣赏你。”

“……什么乱七八糟的，你都听谁说的。”我往后退了一步脱离污染源，再一次感慨，唐总，真的，果然是干大事的人，简直张口就来，这完全八竿子打不着好吗，这一圈绕得我都忘了要从哪里吐槽起了。我这儿年轻人谈个恋爱就解决问题的剧情还在细化着呢，不靠这个强行萌起来我怎么面对会议桌上另一边自己人先打起来的尴尬场面。

“听谁说的不重要，”唐磊摆了摆手，一副企业领导人看尽潮涨潮落都是祖国壮丽山河的气派，“这种事，要广撒网。”

“撒点别的行吗？”比如钱。

“……但我还是最看好邵宇哲，”企业领导人惋惜地摇着头，“但他看起来貌似还有些余情未了……也是没有办法的事，当然有些余情说了也就了了，我们还是要尽量争取。”

我当然知道他所谓的余情未了指的是什么，唐老板都已经把“广撒网”这种烂台词放到台面上了，连带“尽量争取”的官腔都打出来了，我要是理他就算我自投罗网。

“唐总，”我一键终结唐总办公时间不干正事儿的行为，面无表情地说，“您这已经快要构成职场骚扰了，需要我约见人事部吗？”

唐磊迅速从领导模式切换成我是你最好的朋友的男朋友大家都是一家人模式，假装受伤地看着我，一身寒叶飘零撒满我的脸的表演。

“我觉得你俩要是不打算作妖了就别再继续这个话题了行吗……”我实在懒得吐槽他，只是叹口气诚心劝说，作为一个人设都崩了的领导，多想想怎么给我们涨工资、发福利给自己挽尊不好吗？

“不，我觉得现在才是正经继续这个话题的时候，”唐磊倾身，双手交叉支着下巴，面部表情简直比总公司来人还认真了，“毕竟这么多年你一直独自一个人生活，只要你自己觉得好，我们当然怎样都会支持你的选择，但是既然你有心思想找一个了，我们做朋友的也肯定要动用各种资源帮你找个一等一的精英。”

……这么一听怎么觉得好像还挺有道理的……而且还有点感动是怎么回事……

我脑子里突然就浮现那天和邵宇哲吃完晚饭，一起散着步，去为新家购置生活用品的画面，内心有一丝松动，又升起那种恍惚觉得两个人的生活似乎也没什么不好的感觉。

内心就松动了这么一秒钟，唐老板立刻就捕捉到了。他微微眯了眼睛，嘴角以一个缓慢到可以观察到细胞轨迹的速度向上扩展为一个邪魅狂狷的形状，这表情简直切下来直接就能当表情包用，扔游戏里瞬间拉一地图的仇恨，惹人厌得仿佛不往上面砸点什么都是对这个表情的怠慢。

“最近我在谈一个政府项目，”唐磊在我真的动手攻击领导之前就精准地把表情收敛了去，他从名片夹里找出来一张名片递给我，打哪儿指哪儿的手法一看就是早有准备，“项目具体内容是什么不重要，这个我会亲自跟对方谈的。叫你过来就是想交给你个任务，今天协办方的负责人过来实地考察，飞机十一点十分落地，你帮我把人从机场接回来，中午替我作个陪，找个有特色的地方好好招待一下就行。他住的酒店已经订好了，一会儿我让罗秘书把地址连着他的个人资料发到你手机上。”

想了想他又从抽屉里摸了把车钥匙出来：“开我的车去。”

这一长串连贯得我打都打不断。

“车钥匙这段有点儿过了。”只好来个最终点评。

“说得太顺口了，”他承认错误，“把你当我那帮兄弟了。”

也并不想跟你当姐妹。

“这种接待任务还用得着我们部门出人……”我一边看向名片，一边多少有点明知故问地垂死挣扎，然而当我的大脑终于解读出来上面的字的时候，顿时觉得明知故问的那点情节根本不算什么了。我把名片翻过来正面对着唐磊，表情麻痹地说：“陆仁？”

叫这种名字现在才出场完全就是过渡情节用的吧！

我不是在说邵宇哲是男主角哦！不是哦！绝对没有这个意思哦！

“年龄二十九，身高一七八，体重……七十二，”唐磊目光灼灼，“中航重工的项目部经理，毕业于……”

他的眼神飞了一下。

我探身看过去，电脑屏幕上赫然是一份邮件，随便一扫就是个详细的人物简介，还附带一张阳光灿烂的生活照。

“唐总，你这个行为让我有点无法尊重你了。”我冷静理智地说。

说好的感动呢？？？

“主办方李司长的母亲，跟我妈很多年的老朋友了，”唐总对此丝毫没有愧疚之心，“这是她受托照顾的一个年轻人，挺聪明的小伙子，也挺有上进心，就是一门心思都放在了工作上，把个人问题给耽误了，眼见明年就三十了……”

“不要一被抓住就光明正大地照着念了好吗！”我阻止他，都快浮现出大爷大妈晚饭后楼下小花园里乘凉的经典画面了。中五百万都没我这么幸运遇到那双不对我的生活指手画脚的爹妈，我的人生没有遗憾，并不需要体验七大姑八大姨扑面而来的热门人生，“话说你们高层之间的日常交流到底是个什么情况啊……你自己的二代形象已经化成灰就算了，请不要拖这个群体下水，我看小说的时候还是想对高官豪门的设定保有一丝幻想的……”

“你要相信我给你准备的人才库，”唐磊自主过滤了我的吐槽，扬扬自得地说，“当然，像我这么完美的是不太可能有第二个了，但同等咖位的青年才俊还是不在话下的，虽然到目前为止，我还是最看好邵宇哲。”

毕竟是真爱，真的是念念不忘的爱。

“你这么积极不会是瞒着我开了个什么局吧……”我怀疑地说，都是新世纪的年轻人，究竟为什么要对给别人介绍对象这种事充满热情？！

“还不到时候，先把选手备齐。”这种程度的吐槽对唐磊是一毛钱用处都没有的，他信心满满地说，“一起结婚这个事只要不是安用以逃避的借口就一切好说，既然主动权在我这里，那当然要加快进度。”

结果还是为了想要赶快结婚吗？？？

“没有，你老婆……不对，”胡乱叫习惯了改不过来了，但在这么关键的时刻必须用词严谨，我修正过来，说道，“你女朋友内心戏很多的，你千万不要误会，她确实是没做好结婚的准备拿我当挡箭牌的。”

谈恋爱的戏码里好闺蜜之间不互相出卖一下不符合观众朋友们的需求。

“这两件事之间没有冲突。”观众朋友们的需求立刻就被终结了，唐磊脸上那个邪魅狂狷拉仇恨惹人厌不往上砸点什么不甘心的表情倒是又回来了，他不按套路地说，“我和安之间的事并不妨碍你改变自己的生活。你有没有想过，或许结婚并不是我们的转折点，而是你的。你扪心自问，真的一点点，都没有这方面的念头？”

我有。

但让我产生这样念头的不是任何一件事，而是那个人，也只是那个人，让我真的想和谁在一起。如果不是他，其他人不过是芸芸众生，又有什么区别呢。

但也只有他，无论曾经还是现在，这唯一的一个人，从一开始就写上了不可能的答案。

真的太可悲了啊，无知无觉地度日也就算了，一旦认清了自己的可悲，真的要停滞在这里，连些许的尝试也不愿意尝试一下？

既然已经动摇了啊，如果呢，如果真的能遇见一个人……

如果呢？

我卡在这里，唐磊自然心满意足。

“你要相信我们，”唐老板一副人生传销师的嘴脸，“像你这种看见玫瑰花就只能想到做鲜花饼的人，等你开窍等到夕阳红都未必等得到，这次难得出现缝隙，要把握住机会。”

简直一秒钟毁小忧伤！什么叫作看见玫瑰花就只能想到鲜花饼？是谁一进门就先觍着脸预定啊！就算不把握住又能怎样！单身二十五年了还不是滋滋润润的！何况我才二十五岁，年纪轻轻着什么急！我就这样了，自己好着呢！

真是重大危机，因为一念之差毁了人生的比比皆是，差点就真动摇了！

“我拒绝。”我终于可以义正词严地站起来，居高临下地看着我司的最高层，高冷地说，“第一，这种程度的接待不在我部门工作职责范围内；第二，我认为公私不分是对人力资源的浪费；第三，我中午带饭了。”

“什么，今天有便当？”唐磊的注意力立刻就转移了，他震惊地看着我，“怎么也不提前说一声，错过了怎么办？”

其实是昨天看了一天资料，抬起头的时候已经半夜了，就没有再发消息给安进行确认，便当做多一份倒是无关紧要，但要是少做了唐少爷的份……会发生什么事不是我这样正常的人能预见的。

但此刻我也管不了那么多了。

“我准备和邵宇哲一起吃。”我无所畏惧地说，把你的那份给他，唐老板不是想赶进度吗，大不了同归于尽我豁出去了。

“他约了卓然集团的人，中午老老实实吃人家集团公司的工作餐，你就不要指望了。”唐老板立刻撇下震惊脸，冷笑一声回归大局在握的状态。

“咱们公司的青年才俊也不少……”我咬着牙，却还没等说完，就看到唐磊拿起电话，拨了秘书室的分机，“罗秘书，问问大家想吃什么，今天午餐公司集体叫外卖，我请客。”

即使是认识这么久，在神经病的部分我果然还是一眼望不到唐老板的高度，他在我的目瞪口呆下挂了电话，看着我：“乖乖听领导安排接人去，你的那份便当也给我拿过来。”

你有点原则行不行！

艰难地从唐磊办公室里领了任务出来，感觉这家伙不管结婚、摆弄下属还是应付老妈好像无论哪样都没耽误，就连便当好像也给 double 了一下，被摆弄的下属表示身心俱疲。

只有桌子上的玫瑰花还能为我今天的工作生涯增添点明亮的色彩了。

我在座位上坐下，沉痛地拿起手机看了看，上面有一个任奕鸣的未接电话。我逃避了五秒钟的现实，才拿起杯子走向茶歇间，一边回拨了过去。

“刚才有点事不太方便接电话。”我在他接通的时候打起精神，不好意思地笑了笑，“东西收到了，谢谢。”

“没什么，”他仍然是冷淡的声音，我基本上可以想象出他在电话那一头面无表情的样子，“这次去拜访老师，难得老师又在酿酒了，就请求他传授了我方法。”

“咦？”这下我来了兴趣，突然想到桌子上的那瓶，“难道你带给我的就是……？”

“是。”

“哇……”我忍不住兴奋，“这么说以后就可以去你那里喝了？”

虽然是很想他也能传授我一下的，但是这个酿酒法有一定的可能会是个独门秘方，一开始的表现最好还是含蓄一些，比如和玫瑰花的供应地一样定位成长线任务，需要慢慢接近取得好感……我突然想起那个逗猫的比喻，忍不住笑出声来。

电话里看不见他的表情，只是安静了一会儿，才听见他说：“不是。”

怎么和通常的发展有点不一样。

“虽然老师说过那只是他一时兴起做出的酿造，但也得是在特定环境和技术水平下才能制作出来的，”他声音毫无波澜起伏地说，“即便得到了老师的酒曲，影响的因素也太多，甚至水质的不同都会让酒变成完全不同的味道。所以我也许做不出来同样的酒，而且……”他顿了顿，“可能味道也会不稳定。”

“这么说是新的酒。”我心里那点无力感立刻一扫而空，想着也许以后还能直接在安的店里买到，前景相当明朗，果然如俗话所说，这个世界上真的没什么阴郁是好吃的不能温暖的，如果有，就去吃点更好吃的。

反正美食的道路是上下都没有止境的。

“你……”他欲言又止了一下。

“怎么了？”

“……你这个星期什么时候有空？”他犹豫了片刻，最终说，“我想在开业前请你吃顿饭。”

“嗯？”真是难得，认识他这么久，除了第一次的玉子烧，他还从来没主动请我吃过饭……不过话又说回来，我总是在安的店里泡着，偷吃他做的东西，似乎也用不着专门说请吃饭之类的了……这方面的界限还真是十分的不清晰啊，我转念一想，“难道是你去探望老师，除了酿酒的方法还学到了什么特别的东西？”

“……没有，”他犹豫了一下，“只是修习了禅心，老师说我有困惑的地方，让食物的味道也失去了方向。”

？？？

……这难道就是专业组和业余组的差别么……完全搞不懂他在说些什么啦！

以及什么叫作修习禅心啊，果然是坐在一块石头上面冲瀑布吗？！

不过还真是意外啊，原来任奕鸣也有困惑的地方，他分明是我认识的人里面对人生最自律、最执着、最明确的人了。

……难道是突破自我，达成什么食之奥义之类的吗？日系少年向漫画轻小说不限行业好像都是这么发展的。

感觉有什么我不知道的剧情发展到了关键时刻了啊……

“……你还在吗？”我想得太过投入，一时忘记出声，他带着试探问。

“好的，”我应声，“如果请我尝尝看好不好吃倒是没有什么问题，不过可能我一个外行也给不出什么有用的建议就是了……”

“我知道。”他表示同意。

知道个头啦，我就是客气一下……这种一开始就认定我没用的发言算什么啦。我就是喜欢一群朋友围在一起，开开心心地享受食物，不需要任何华而不实的东西就能把大家喂得饱饱的，能否带来身心愉悦才是食物是否美味最重要的判定标准。

等等，莫非这就是为什么我的形象越来越不妙的原因吗，这完全就是个奶奶喂养群孙的思路嘛……

我年轻英俊的自我定位是发生了怎样的偏差……

我突然想起来一件事。

“我明白了，你是想借我的厨房吧。”我突然想起来在料理店重新装修初期的某一天好像安提起过这件事，说等到任奕鸣从日本回来以后要和他讨论一下新的菜单，而且貌似就是在这段对话里我才知道他去了日本。

任奕鸣不太说他自己的事，事实上，他不太说任何的事，也不是刻意隐瞒或者回避什么的，就只是对此不感兴趣，关于他的一切，基本上都是在其他对话中顺势掉落的。到目前为止我知道的是，他并不是这个城市的人，在日本学习过很长一段时间，辞去上一份酒店工作之后就在安的料理店附近租了一个很小的公寓住着。我没有去过他的住处，但以对他的了解来看里面大概也是只包含生活必需品精简到极致的样子吧。他自己也有说过平时需要做什么直接使用店里的厨房就可以了，现在料理店重新装修中，虽然已经是清扫通风等待开业的状态了，但总归还是不方便使用的，所以最好的选择就是我家的厨房了。毕竟我家厨房的冗余程度真的不是说说而已，基于我和烹饪之间的感情是如此的鲜明，以至于各路亲朋好友在送我礼物的时候完全不需要费心，无一例外地选择了厨房用品，而且毫无菜系、国别、搭配限制。

我家厨房超惊人的。

如果按照这个趋势再发展下去，别说借给一个专业的厨师，就算国际烹饪交流大赛之类的活动在我家举办应该都不需要再置办些什么了吧。

“那就……明天晚上怎么样。”我在心里盘算了一下，如果不算可能的突发状况，今天就有三份合同要看，还要约时间和设计部开会，再准备准备第二天开会用的资料。不单单是要时间，还很占用精力，最关键的是，应付完今天中午这顿我有预感没准到晚上都缓不过来的招待，实在需要给自己个空间喘口气。但是明天的时间就主要是欢喜冤家的剧情了，而且约的是早上，我可以直接从家里去客户公司，还能多睡一会儿，会面时间再拖延一个早上也足够……了吧。之后就是会展中心一个例行的项目撤展，有乔蔓和祝风在那边盯着倒是不会出什么问题，我只需要绕过去看一眼就行，然后没别的事情就可以提前回家了。

真是灵活。

"……好。"

总觉得他的声音里有一丝犹豫，但是又说不上来哪里不对。

我想了想补充了一句："其实没什么的，如果你着急用厨房，可以直接去找安，她有我家的钥匙，你和她商量好时间就行，到开业之前，我的地方随便你们用。"

而且无论商量菜单还是对食物本身的评判，安那个术业有专攻只懂得吃的女人一定比我能给出更好的建议。

"明天就好，"他只用简单四个字就回绝了我的提议，"我等你。"

"……好吧，"我倒是没有关系，"那我明天差不多时间给你电话。"

"好。"

我操作着咖啡机，看深褐色的液体流出，咖啡的香味顿时充满整个茶歇间。我把脸贴在手机上，而听筒里始终没有传来挂断的声音，我于是突然很想问他一个问题："为什么这次给我整束的花？"

他停顿了一会儿，才说："老板说，这束花里有一朵玫瑰，花型优美，没有瑕疵，是一朵完美的玫瑰，如果送人，收到的那个人一定会很开心。"

他的声音平直而冷淡，我却感到胃底涌上来一股暖意，就像是最初遇见他时，他把温暖的食物放在一整个晚上都在奔忙饥肠辘辘的我们面前那样，我笑了笑，说："谢谢。"

挂了任奕鸣的电话，一扭头，就发现原本据说应该在吃卓然集团工作餐的邵宇哲不知道什么时候也走进了茶歇间。我看了一眼时间，又有些困惑地看向他，“卓然集团这么人性化的吗，这才几点，你都吃完回来了。”

邵宇哲拿了只咖啡杯，示意我再帮他煮一杯，然后身体微侧着靠在墙上，能看出来他身上有种风尘仆仆的疲倦感，似乎是赶路回来的，“会议提前结束了，我没有在他们那里吃饭，赶回来找唐总要点资料，一会儿出去接人。”

听到接人，我顿了一下，想到唐磊强塞给我的任务，困惑道：“嗯？今天怎么这么多人要接……”

“陆仁。”邵宇哲接过我递给他的咖啡，“我和唐总商量了一下，觉得还是我去接人比较合适。”

想到唐磊在办公室里跟我说的怂恿我脱单的那番话，我于是点点头道：“唐老板能有这种觉悟很不容易……不过他不觉得你这个级别去做接人的差事实在有点浪费人力资源吗？”说到这里，我又上下打量一眼邵宇哲，片刻深思之后皱起了眉头，“怎么感觉你从英国回来之后……”

总是对青年才俊特别上心……嗯，嗯。我连忙打住自己的念头，阻止自己继续说下去。

“嗯？之后怎么？”邵宇哲显然看不穿我的心理活动，只是喝完咖啡，到水池边把杯子洗干净，又规规矩矩地放回原位，然后用略带一丝困惑的目光看着我。

我沉吟半晌，还是决计不提那些细枝末节，道：“没事，挺好的，非常敬业。”

邵宇哲大约能看出来我内心本来想的肯定不是这些，略微叹了口气，走过来，湿漉漉的手摸过我的头，像给宠物顺毛，“什么时候你才能克制一下无穷的想象力。”

这个男人，能不能有点自觉？虽然寻常朋友摸头拍肩也是正常不过的举动，但是他要清楚，我是跟他告白过断交过最后重归于好的朋友。所以他的行为，很容易引起误会……虽然茶歇间里也没有别人，但是容易引起我的误会！

“这是自带的被动技能，想克制有难度。”我努力平复因为他的动作而变得如同擂鼓一般的心跳，冷静理智地说道。

“不要想那么多，有时候事情的真相很简单，你想多了，就绕了远路。”留下这句别有深意的话，和我头顶湿漉漉的手印，邵宇哲就又风尘仆仆地走出了茶歇间，奔向他的青年才俊……哦不，任务目标去了。

而我，还抱着咖啡，停留在原地，仔细回味着刚才那个动作。

至于他的话，太复杂了，想不明白。

第七章

木鱼花与蒲烧汁

现在我觉得，是时候把钥匙还给你，

让你把它送给真正走进你的人生，可以和你住在一起的人了。

星期二的会议比我预想的还要耗费精力，修改后的方案倒是奇迹般地成功通过了，只是还有些细节的部分暂时做了保留，这是双方都认可的结果。这些细节部分对整体的安排没有太大影响，而且根据经验，多半在项目具体实施的时候还会再二、再三地进行修改，能有现在这样的结果我都已经想杀掉什么祭天了。

但是精神层面的损耗还是没有丝毫减轻，会议大部分时间仍然属于对面欢喜冤家的例行厮杀。一旦方案达到可以具体实施的层面，两个部门……准确来说，两个人之间争夺控制权的老问题自然又重新搬回台面，谁都不肯退让哪怕一步，在公司联合执行的要求下非要分出来个谁胜谁负，谁能压对方一头不可，只是苦了想要离席却走也走不了的我们。

其实也不是不能理解的……毕竟这件事背后也确实有着更深一层含义的较量。杜晴雪身为董事长的女儿，在一个部门经理的位置上不大不小地放着，谁都知道不过是用来装样子的跳板。但就算她再是董事长的女儿，毕竟还是年轻，再是从国外回来，再是能干，也确实不了解国内的环境，缺乏经验基础，又是空降回来的，更谈不上有什么根基了，想来也是难以服众。但梁景春和她完全不同，实打实地从底层拼上来，就是俗话说的建过功、立过业、吃过苦、受过累，在公司上上下下的关系都根深蒂固。他这个年纪能走到这一步，一路的艰难冷暖恐怕只有他自己才知道，而他心里对空降来的这位继承人的真正想法，恐怕也只有他自己才知道。

再加上他们公司的品牌发展也走到了一个转折点，这次二十周年纪念展合并新品发布会的传统和创新之争，可以说不单单是这两个代表人物的斗争，也是公司未来发展方向的抉择，真的是上上下下里里外外都在看着这件事。董事长亲自指定了这样两个人来负责，梁景春也就算了，直接把亲生女儿杜晴雪推到风口浪尖上，还真是，不知道该说是太过信任还是太过……下得去手。

当然这些都不是什么秘密，只是跟我们关系不大，也就是作为八卦随便了解一下，更接近于背景资料，除了在设计方案时用作需求参考外，最有用的部分大概就是相处沟通时稍微注意一点不要踩到雷。虽然我自始至终都认为，这种内部的争斗最好还是停留在内部的范围，任何一个靠得住的负责人都不应该在对外场合把这种争吵放在其他家公司面前。

……不过如果按照这个思路不负责任地放开想下去的话，没准这才是董事长安排两人共同负责这项目的目的……锻炼女儿，考验下属，在分歧中谋求一条共同发展的道路，最好能欢天喜地地招个女婿什么的，好像真是啥也不耽误啊……这位董事长您是唐磊他们家亲戚吗……

这情节呼应得太完整，要不是全靠自己编，我简直都要信了……

可能大家心里都各自憋着各自的槽，所以整个会议过程不管是己方还是对方，眉来眼去之间仿佛形成了一种格外的默契，于是除了场下那对只和对方不睦的男女，其他的与会人员相处得都格外融洽，在枪林弹雨中情绪稳定地进行了友好商谈，最终成功达到了本次会议的预期目的。

开完会已经下午两点多了，比预计结束的时间要晚得多，对方倒是有准备工作餐，但谁也没顾得上吃。我想着和任奕鸣的约定，还是希望能够早点处理完事情早点回家，于是留了设计部的同事让他们去吃东西，自己则用撤展做借口，先行一步离开了。

事实再次向我证明了计划赶不上变化的真义，尽管我觉得我早就应该适应了这一点。会展中心我本来只是想着看一眼就走的，没想到还真的遇到了突发状况。这个项目规模其实并不算小，说来也是我市的一个重点项目，它属于常规的行业展会，年年都例行举办，年年都是由我和祝风负责。因为太过例行，为了节省人力资源，我的存在感也就越来越弱，更多是安排新人和实习生在现场跟着他，打打下手，让他顺便带一带什么的，我早先还有那份人间真情会带着便当送送温暖，现在就只想做一个安静的后援，唯有遇到这样大家都懂的情况时会顺带绕过去看上一眼。

结果整个会展期间都没出什么问题，偏偏今天撤展出了点状况，祝风前脚被主办方叫走，后脚现场就发生了纠纷。跟他在一起的乔蔓是个新人，刚刚入职，试用期都没结束，这次安排她跟着祝风纯粹是让她蹭经验值的。问题算不上严重，只是她没有处理的经验，自己先乱了阵脚，纠纷双方看她是个小姑娘更是不把她当回事儿，我去到的时候她正和另外两个会展中心的人慌慌张张越协调越乱，几乎影响了大半个展区的进度。

虽说等祝风回来我就可以撤了，没想到这位负责人同志被别的事绊住一时半会儿还走不开，一听我在现场，立刻兴高采烈地表示要给我一个履行职责的机会。我被他说得没脾气了，认命地留下来善后，等到好不容易处理完回到家，已经差不多七点半了，虽然这个时间算不上太晚，但是我已经饿得头昏眼花……早知道中午的工作餐至少先扒上两口再说……幸好我已经看透了生活冷漠的本质，时刻在包里准备着应急的高热小零食，分了一多半给乔蔓，剩下的堪堪够我坚强地活着回来。

我看着沙发上的人。

沙发上的人看着电视机。

电视机连接着游戏机。

有那么一瞬间我还真考虑了一下我是不是穿越了……

“我爸妈离婚的时候把房子留给了我，”安脸上无波无澜，看也没看我地开口，我有点担心，按照小说中“越是波涛汹涌的谈话开篇越是八竿子打不着”的定律，这句话简直莫测得让人害怕。她继续不动声色，莫测地说，“我当时想，反正那里面也没留下什么好的过去，留着它还不如拿来追寻想要的未来，我于是就把房子卖了，钱用来开料理店。之后我没地方住，你就收留了我，还专门为我配了套备用钥匙，说只要我想，什么时候来住，住到什么时候都行。后来我遇到唐磊，搬去和他非法同居，但这钥匙一直在我手上，你让我留着，说什么时候想，随时都可以回来。”她郑重地放下游戏机，深深地看着我，说，“现在我觉得，是时候把钥匙还给你，让你把它送给真正走进你的人生，可以和你住在一起的人了。”

我也深深地看着她。

“我想吃鳗鱼饭。”我说，闻到味儿了。

饿死我了。

我顺着味儿就游进了厨房，任奕鸣正站在灶台旁边，一脸严肃地不知道在想什么，或者他就只是在专注于锅里的食物。我试图在那里寻找到一两条烤好的鳗鱼，但是没有，他只是在调酱汁而已，我扭捏地蹭过去，都有个厨师站在厨房里了谁想去翻冰箱里的冷藏食品……

“猫饭？”他突然说。

“喵。”

“深夜食堂大概就是这种感觉吧，”我一脸满足地嚼着木鱼花，深深觉得我家怎么连刨鲣鱼片的盒子都有……貌似是谁听说刚刨出来的鲣鱼片香气是最为浓郁的，然后去日本的时候顺便买了来送我……都是套路啊观众朋友们……我强行终止了脑子里这些无谓的念头，认真地向他表示歉意，“抱歉，原本计划好了早点回来的，没想到今天工作上出了点意外，拖延到现在。”

撤展的时间规定是从今天中午一点到明天早上十点，通常这个时间期限是相当宽松的，但被今天的突发状况一闹，不得不多占用晚上的时间补偿回来。晚上没有交通方面的限制和压力，进度倒是会比白天还要快些，倒也还好。祝风发挥绅士风度，让我和乔蔓早点回家，剩下的他一个人看着就行了。我于是在一旁默默地欣赏完“我不走都是我的错要留也是我留下！”“请问你留下来有什么用？”的情感小剧场之后才情绪稳定地离开。

任奕鸣家住得离我家有点远，两个小时前我打过电话给他，本来只是想告诉他我这边可能会晚，却没想到他已经到我家附近，正在采购食材，我于是立刻改打了安的电话，让她火速过来开门。

“你在电话里说过了。”他仍然是那种看不出情绪的表情，就像是店里进单时的样子，只是专注于自己手上的动作。我站在一边看他，虽然他只是穿着简单的常服，但仍然浑身上下都散发着一种格外自律的仪式感。安店里的料理台是开放式的，任何一张桌子都能多多少少从不同角度观赏到厨师做料理时的身姿，尤其是从外面看进来，首先就是正对着料理台的方向。虽然我从来没有跟安确认过这个事情，不过我猜她应该就是这么故意安排的，以至于大部分时间里我都在怀疑，那些面孔熟悉的食客和不自觉走进来的客人，有多少是因为料理的美味，又有多少是因为厨师本人。

捡到宝也是捡啊……

“所以我不在的时候你们商量新菜单商量得怎么样了？”我靠在洗手池的台子上好好吃我的饭，距离在厨师的安全范围之外，且不说现成饭吃起来有多美味，这个时候提帮忙也实在找不到听起来不那么虚伪的表达方式。

姑且看看能不能偷点师。

“谁跟你说我们要商量菜单了。”任奕鸣没有说话，开口的是安，她关了游戏从客厅移动过来，仿佛停车入库一样把脑袋挂在我的肩膀上，我根本无须定位，就夹起来一坨米饭移向肩膀的位置，果然那里有一张等着的嘴。

“不是你之前跟我说等他从日本回来要和他讨论一下新的菜单的吗。”我怀疑地斜眼看她，虽然回想了一下同任奕鸣的交流确实从头到尾都是我在自说自话，但这不是事实吗。

“我只是想增加一些朴素的菜品而已，这种小事，电话里就解决了。”安把头探出来一些，以确保我能看见她翻起的那个白眼，“你不觉得我们的店越来越像电视剧里那种钱权色交易的特殊场所了吗，尤其是唐磊那帮歪风邪气的兄弟再带着他们的兄弟刮进来以后。”

“还有这种事？”我故作惊讶地偏头看安，“这难道不是最早设计店面的时候，号称要营造私密气氛，其实是为了节省电费少安两盏灯的锅吗……妈妈桑。”

差点被她卡断喉管。

“所以今天就是吃家常的料理？”因为快回来的时候有打电话，知道他们在等我吃饭——全靠这份希望之光点亮活下去的信念——我看了一眼料理台上已经准备好的菜式和一些需要最后一步处理的食材，确实清爽可口，很家常的样子，跟店里卖的那种好像有点不太一样。不过关键是很能填肚子，猫饭只是大厨随手放在一边的边角料而已，主要用于给我续命，我看着他俩，又看看锅，“我不懂蒲烧汁是什么意思……”

“……等着有一点无聊。”大厨终于开了金口。

“赚到了。”

虽然不知道那些凭借独一无二的蒲烧汁就名扬四方的店究竟好吃到什么程度，不过任奕鸣自调的酱汁我是吃起来没够的。

明天就去买鳗鱼吧。

“好了，既然你们顺利接上头了，我也该功成身退了。”安伸手，直接用手指偷我的木鱼花，一边仰着头往嘴里塞一边说，“我叫了车，差不多快到楼下了，你们俩慢慢吃吧。”

“咦？”我感到有点意外，“你不留下来吃饭吗？”

她伸手，随便点了点。

“我想给你看我刚刚用过的碗来着，”她解释，“但是我太自觉了，已经洗好收起来了。”

我觉得我有点满脑子问号不知道该从何问起的感觉。

“你就乖乖在餐桌旁边等着吃饭吧，”安按着我的肩膀，仿佛电视购物频道里只卖九九八一样地介绍着任奕鸣，“这可是本店自己送上门的厨师，货真价实，八星八箭，童叟无欺，你就去卸个妆，洗个澡……我是说整理一下，换身舒服的衣服，什么都不用操心就可以吃饭了。”

我莫名其妙地看着她离开。

“你给她吃什么了？”吃坏了吗？

“拉面。”

……我也不是真的很想知道。

“那你呢？”我看他把做好的食物放在各式各样的器皿里——实在不能不感叹一下我家的餐具也是各式各样什么都有——然后放在矮脚的木质托盘上，我乖乖跟在他后面走向餐桌。

“我在等你。”他说。

我愣了一下，然后低头看了看手表。

“这倒也是……”我心虚地说，“还好还不算太晚……”然后感受到自己胃部一阵空虚的抗议，我有点忧心地问他，“你有好好吃中午饭的对吧？”

他未置可否，只是露出一个看起来在笑的表情，因为太过稍纵即逝，所以也不是很能够确定，然后他的视线落在了餐桌上的长形茶杯上，那里插着一支玫瑰花。

虽然经常有人表示意外，不过我确实不是个习惯在家里摆放鲜花的人，只是养了几小盆见缝插针放在各处点缀用的绿植。所以我也确实没有花瓶，也并不想特意去买一只，于是翻了半天把这个翻出来了。这只汤吞也是别人送的礼物，虽然我被生活所迫喜欢上了研究食物，兴致来了也食不厌精，但玩乐的因素居多，毕竟本性如此，很多事情也没那么讲究，喝茶喝酒喝咖啡都一直用惯用的厚瓷杯和玻璃杯。这只汤吞我记得好像还是哪个地方的名家名作，一直放在架子上当装饰，拿来做花瓶倒是有种迷之风雅的感觉。

“我一朵一朵地找了，”看他无声的疑问，我解释说，“希望我们对瑕疵的理解没有偏差得太多，毕竟我以为通常完美的花总是应该放在花束的最中间。”

这朵却是在角落里找到的，虽然我到现在仍然对它的独一无二表示怀疑……不过它不是那朵完美的玫瑰也没办法了，毕竟就只剩下这一朵了，它的兄弟姐妹都已经被我清洗干净，切碎尸身，然后和蜂蜜一起浸泡在一个透明的玻璃罐子里了。

“因为最好的并不总是最耀眼的。”他说，大概看到了我意外的表情，随即解释道，“是把花给我的老板说的。”

“老板是个很懂的人啊，”我仔细想了想，问，“女老板吗？”

他愣了愣，大概没想到我会这么问，但惊讶之后的表情倒是默认了。我其实只是二选一地猜了一下，胜在出其不意，所以目前为止我对这家花店掌握到的信息就是距离安的店不远，以及是位女老板……这么多年下来真是成绩斐然。

话说安的店附近有这样的花店吗？

不过提到花自然就想到酒，虽然这次他带来的并不算多，但只要想起今后就能不限饮了，立刻就豪放起来。他对我的花痴不为所动，只是默默地找来两个和风的酒杯，和一桌日料放在一起，简直完美极了，我于是更加的饿了。

“不过话又说回来，感觉你对我家的厨房已经比我还了解了啊……我记得这还是你第一次使用吧。”我为他倒上酒，闲闲地说，就是纯闲聊，并没有什么介意的地方，既然提出借给他也就没什么不能公开的部分，而且可能因为我家总是聚会场所的缘故，厨房这一片儿在我心里基本上已经算是公共区域了。

“我需要对厨房的环境了如指掌。”他诚实地说。

“不要把别人家说得像是什么荒野求生的栏目一样。”我漫不经心地吐槽，然后用两只手装模作样地托着杯子，“谢谢你做饭给我吃，请不要介意这是最后的礼仪，我真的饿坏了。”

他只是托着杯子看着我，姿态却比我要端正得多。我轻轻抿了一口酒，确实和记忆里的有些不太一样。

但似乎感觉更好了。

“不，你家的厨房很……”他果然还在纠结上一个问题，表情认真，皱着眉似乎在寻找合适用于形容的词语，但可能确实对交谈这个技能甚少练习，他想了好半天，才说，“安全。”

……安全？

因为刀具使用完都有好好收到刀架里吗……还是因为收拾得比较干净没有什么可疑的厨余……还是通过了什么其他专业人士的认证能够放心使用……

……不管怎样至少安全听起来应该不像是什么不好的词……吧。

我决定不去深究这个问题。

“所以你不是要和安讨论新菜单的事，只是想单纯地请我吃饭？”我问，总之先忽略使用的是我家厨房的部分，好奇地问他，“怎么突然想起这件事了？”

他放下碗，认真思索了一下，才说：“我这次回去拜访老师，一方面是因为久疏问候，又难得有了假期，另一方面实在是因为，这段时间对于味觉的领悟似乎遇到了瓶颈，再也无法自我突破了。”

出现了！少年漫画之食之奥义篇！

“这就是你之前在电话里说的吗，老师所说的，你表现出困惑的地方？”我正襟危坐，寻找着少年漫画中的惯用对白。

“老师只是吃了我做的东西，然后问我……”他犹豫了一下说，“有没有曾经特意给某个人，做过一次饭。”

哎哎哎哎？难道食之奥义篇是个跟传说中“做给特别的人的食物和特别的人做出来的食物才是人间至高美味”这种朴素主题有关系的故事吗，怎么主题这么快就出来了，有种离完结也不太远了的感觉……

“那你是怎么回答的。”果然这种仿佛身在少年漫画之中的台词，就算有了快要完结的感觉也还是让人忍不住就燃起来呢。

“……没有，”他眼神飘忽地说，“除了我自己，就只是按照客人的订单来准备食物而已。”

确实是个不喜欢和人交往的人……

我琢磨了一会儿。

“那这次老师吃的‘你做的东西’，不是特意为他准备的吗？”

少年漫画的界定真是非常微妙呢，我已经脑补出来一整个修行篇的复杂故事了。

他停了一下，接着是一段漫长的沉默，然后接着上文继续开口：“那个时候我突然就想到了你。”

……等等，修行篇呢，是不是有什么部分被跳过去了？

“你总是胡乱搭配食材，手法也不甚严谨，配料更是随心所欲……但是总有些我说不上来的东西，跟我知道的所有味道都不一样。”

……读作请吃饭但写作来找茬儿的吗，不要把别人自傲的手艺夸得像是路边的苍蝇馆子一样啊！不是说了安全吗那是什么表情啊……从这样一段话里都能听得出来是在夸奖，我简直要怀疑自己的人生了……

“不能称之为美味，顶多算是优秀，但毕竟你是自学的，能做到这种程度已经可以说是非常有天赋了，”他仍然无知无觉地继续着他独有的夸人姿势，而且听得出来，为了节省字数还是略过了不少东西的，“但不知道为什么，你做出来的食物总是有和我的认知完全不一样的部分，甚至可以说，是令人期待的。”

“这就是胡乱搭配和随心所欲的缘故。”我直言，内心槽意翻滚，脸上面无表情，“不过话又说回来，你又不参加我们的聚会，我也没有特别给你做过什么……评价得这么细，果然是偷吃了吧……”

他没有说话，脸上看不出觉得这件事有什么不对的表情。

我叹了口气。

“虽然想说你这样的性格后续人生堪忧啊，不过貌似从之前的部分来看也还是好好地活过来了……”虽然我也不是很清楚他的人生之前的部分到底是怎样的，但不是也支撑着来到我面前了嘛……我认真思考了一下，“其实作为一个料理店的厨师，你已经非常成功了，这个城市里有很多喜欢你做的食物的人，我们的客人几乎全都是回头客，还有不断慕名而来的新客人，就连点评网站都是众口一词的好评。”当然最好还是不要说出来的是……厨师本人的外表占了很大一部分功劳。以及安曾经很认真地研究过客户偏好，并得出结论，如果任奕鸣的性格再热情一点，更加懂得经营自己一点，没准挣的钱都够她包养唐磊了……

……但如果真的变成那种八面玲珑的样子，总觉得又少了点什么……人类果然还是自己本身的样子最自然。

“我虽然不知道你在困惑什么，”我一边胡思乱想，一边认真地建议，“不过如果你想改变烹饪食物的方式，我倒是乐于见到你来参加我们的聚会，然后尝试一下对待食物的另外一种态度，”我弯了弯手指比出来一个引号表示强调，“那种胡乱搭配和随心所欲的态度。”

相信我，这句话我会记很久的。

他没有说话，虽然确实是在认真思考这个建议的有效性，但是看得出来这两种刷新他三观和违背他性格的建议同时被提出来所造成的双倍伤害，简直让我记恨的心情都生出了愧疚。

当然，建议他胡乱搭配的话是我故意这么说的，知道他并不会真的这样做，他和我不一样，厨师是他的职业，有必须严格遵守的规则，不过从另一个方向来说，他也确实是绷得太紧了。

“话又说回来，你真的享受这个吗？”我脱口而出，立刻有点后悔，他是我见过的最为执着而明确的人，我为什么会脱口问出这样的问题。但又觉得有点奇怪，我似乎从来没有问过他这样的问题，为什么就能理所应当地认定呢？人的感情是如此细腻的东西，怎么能被别人随意定义。我于是想了想，换了问法：“烹饪对你来说是怎样一种存在？”

他没有说话，只是看着……手边的味噌汤，我隐隐觉得自己果然问出来了一个很适合放在漫画一话结尾处的问题。

“我不知道。”就在我以为他起码要到下一章才回答这个问题的时候，他却开口，声音依旧平直，“我从有记忆开始就在学习料理，知道的事，接触的人，也都只和料理有关，那个时候我觉得我做这件事可能只是因为别无选择，可能只是因为除此之外我不知道自己还能做什么，”他看向我，目光中是一如既往的平静自持，“但直到我脱离家庭的影响，有权选择彻底放弃，可以去做任何事，去成为任何人的时候，我才意识到，如果不是这件事，其他事就只是……事而已。”

我看着他，他很少讲自己，偶尔说起来的时候也完全不为话里的信息做铺垫，而这一段里有太多充满疑问的部分，但我只是想着他说的话，忍不住勾起了嘴角。

“我想起来安和我说的话，”我在他露出询问的表情时向他解释，“我问她，和对的人相互投入地去经历一段感情是什么感觉，她说，其他人突然就变成了芸芸众生。也许关于感情的道理都是共通的，无论是遇到一个喜欢的人也好，还是知道自己真的想做什么也好。”

他想了一会儿，微微点了点头表示认同，才问我：“那么你呢？”

“……我吗？”我深深吸了口气，说，“我大概只是在等待吧，”等待所有需要过去的过去，以及会来到的到来，或者就这样，什么都没有也好，“毕竟不是所有的人都能遇见喜欢的人和真的知道自己想做的事，也不是每一段投入的感情都要有一个最终得到的结果，有时候生活太过完美了也会让人感到害怕，所以，我觉得我现在这样已经足够理想了。”

有一对自由引导的父母，有一群志趣相投的死党，有一份以德服人的工作，还有一身能照顾好自己的技能，可以随时喂养六人份的朋友，也可以独自一人时给自己精心准备食物，还有一个喜欢的人，好好地笑过，也好好地哭过。至于喜欢的那个人不喜欢我，就真的只是一件再普通不过的小事了。

“这就是你在料理食物时所想的吗？”他不知道在想什么，最终却问道。

“不……”我只是个普通的人类，普通人类一般都是在洗澡的时候灵光一闪思考人生的……但我才不会这么说，我回顾了一下自己在厨房的时间，告诉他，“我在料理食物的时候想的大概还是那些琐碎的事情吧，食材，食谱，火候，时间，还有食物本身的味道，以及加点这个加点那个会怎么样……”我看他眯起来的眼睛忍不住笑出声，“但是想得最多的还是那些会喜欢这种口味的人。比如安虽然是那样的性格，但她其实是有点怕辣的，唐磊的口味则是偏甜，不过为了各种显而易见的原因，他对糖分的摄入非常节制。阿墨喜欢一切糖醋的食物，她倒是怎么吃也不会长胖，肖远从来不提要求，但酸辣的食物他会吃得相对多一些。罗林就是无肉不欢了，而江晨，大概只要抹上辣椒酱，什么都能往嘴里放……所以我也并不是严格按照食谱的规定来，就只是刚好到他们所接受的那个度，有时候觉得就像是人体实验一样，暗戳戳地观察、记录、调试……在做这些的时候我可以想到很多我们共同经历过的事，想到那些因为彼此的好恶而进行尝试、做出让步、发生改变的事，食物的味道就变得更像是生活本身，均衡这些也有了更多的意味，这些大概才是我在料理食物的时候所想的事吧。”

想着我们这群生死之交，毕业这几年，算不上很长的时间，但也没少经历些起伏的事，然后都走上了不同的道路。虽然有不如人意的地方，也有冷暖自知的艰难，有人轰轰烈烈有人细水长流，但都在认真地生活，也算没有辜负了时光。

想想真是觉得美好。

“所以食物味道不完美的原因是因为，人的不完美。”他终于得出结论。

我沉默。

“如果你用‘不同’和‘偏好’这类词语的话，会比较不容易受到物理伤害。”我提醒他。

“那么你呢？”他却突然又问了这样的问题。

“我？”

“你偏好什么样的口味？”他又问了一遍。

“口味……”我思索着，好像从来也没有思考过这样的问题，可是所能想到的都是那些无关味觉的事，易于清洗的，切起来手感好的，怎么做都好吃的，颜色讨人喜欢的，应季的，对身体有好处的……不对，“我大概是……喜欢食物本身的味道。”我说。

“食物本身的味道……”他重复了一遍，像是做了什么决定一样看着我点了点头，“我知道了。”

“……你知道什么了突然就知道了……”我怎么什么都不知道。

“我没有办法离开店里，那是我的职责，”他没有回答，只是严肃地通知我，“所以只有请你每天下班以后来店里，如果你加班，我等你。”

“等我干吗……”我怎么有种不好的感觉。

“我似乎有一点明白老师问我那个问题的真实含义了，”他格外认真地说，“为某个特定的人料理食物，或许正是你说的那些……关于生活本身的事。”

我觉得我好像有点明白，又好像更加糊涂了。

“我突然觉得你老师的意思可能只是让你年纪轻轻要好好享受生活……不过如果你只是想尝试一下完全不同的烹调方式，从便利的角度看，你可以找安，”我有点不太确定地建议，“她不但很懂食物的味道，而且时间安排起来……”

“不，”他打断了我，“正是因为如此，我才决定，那个人是你。”

……

咦？

第八章

空盘子

这一切都让我的努力克制变得如此困难。

虽然很想用“过度烦恼这件事”作为理由为自己辩解，但又实在难以将“被大厨选中今后可以吃到专属定制美食”这件事归属到一个跟烦恼有关的类别里，但是如果说是为了庆祝，然后庆祝到宿醉的程度又实在显得太不矜持。

说到底还应该是酒的错，任奕鸣之前是有说过这次是他自己酿造的酒，和他老师的有些不同，所以我理所应当地将注意力都放在了口味上——确实是有所不同，但也没差多少，倒是口感尝起来更加柔滑了不少，于是不知不觉就喝了很多。结果真是万万没有想到，最大的不同原来是体现在度数上的……没有百分比的数字印刷在瓶身的标签上，事实上光滑的瓶身上什么也没有，然而等到后果出现的时候，我已经是头痛欲裂地来上班了。

这样的酿酒水平，任奕鸣同志没准是个相当危险的人物啊……

我强行保持健康的精神面貌走进部门办公区，然后立刻就发现完全没有这个必要——因为打乱了平日的步调，自暴自弃地省略了很多步骤，我反而来得较平时更早，部门里本来守阵地的就少，现在更是一个人都没有，只有我办公桌上一片红艳艳的馥郁芬芳。

……

我盯着看了一会儿。

默默地把脸埋了进去。

……所以到底是谁想出来把玫瑰的花瓣和少女娇嫩的脸庞比喻到一块儿的？

完全没有治愈效果嘛。

还有点扎扎的。

我把脸抬起来，就看见邵宇哲在五步之外忍笑忍得快喘不上气来了。

我感到有点受伤。

“你就别凑热闹了好吗……”

“早。”他松松握了拳挡在嘴边，一边假装咳嗽掩饰忍不住的笑一边问了个早。

“早……”感谢他温润的男中音，真是宿醉良友。

“怎么了？脸色这么差。”

“人生的所有悲剧都源于对自己的估计不足。”我眼神飘到一边说。错误估计自己的酒量，结果大周三的早上就顶着宿醉的头痛，还提前一小时抵达公司，槽点太多，不好意思讲得太直白。

“嗯……要用大道理来掩饰的问题，看起来相当的严重啊……”他却故意拖了音，挑着眉看我。

“……宿醉而已宿醉而已。”我举手投降，他这个拖音实在故意得让人害怕，还不如交代清楚为好，“就是之前任奕鸣带给我的酒，就是你上次看到的，那个容积，你可能不相信，昨天我们两个人把它全喝光了。”

其实不是，和任奕鸣一起吃饭的时候总共也只添了两三次酒而已，但因为味道确实比之前还要好，他走之后，我一边泡澡一边喝了一杯，窝在沙发上追剧的时候喝了一杯，剩下的就可以全算成前面几杯积累下来失去理性的后果了。

但是不久之前才在同一个人面前念完不喝酒有益健康的公益广告，就被抓包喝出宿醉反应——喝的还是甜酒，这种事，确实有些说不出口……我需要找人均摊一下。

“和任奕鸣。”他重复了一遍，表情没变，还是那个挑着眉的样子，似笑非笑的，这让我更加窘迫了，果然饮酒的后遗症就是满溢的羞耻心，不管用什么方法都是匀不开的。

我决定还是快速地回避掉这个悲惨的事实，幸好此地还有一个未解之谜可供我转移话题。

“所以你知道这些花是怎么回事？”我弯着手指点了点，“谁又想吃鲜花饼了？”

“我。”他也没追问上一个问题，只是抱着手，简洁直白地说。

……对话更加难以继续了。

“……有你的份的……”我实在找不到词了，只能干巴巴地回应。

“也不是所有的花都只有这一个用途的。”他反倒笑出声来，更加意味不明地说。我突然开通了那个等到夕阳红都未必等得到的孔窍，然后在幻想中立刻给了往偏处想的自己一拳，稳定了一下思路，才做出怀疑的表情看着他，狐疑地说："你是不是和唐磊一起在背后嘲笑我来着。"

什么"夕阳红""见到鲜花只想到饼"之类的言论，他要是敢说个"是"字，哪怕沾点儿边，他和唐磊下半辈子都没份了。

"虽然我不知道唐总说了什么……不过我大概能够猜到。"他抚着下巴，叹了口气，"话说回来如果你和正常女孩一样，看见鲜花就只想到和鲜花有关的事情，也许你的朋友也就不会为你的感情操心了。"

"嗯？"我困惑，"他们操心什么了？"

"陆仁，那个差点和你相亲的才俊。"

我顿时明白了他在说什么，"原来唐磊是这样跟你说的，他真是连一点想遮掩假公济私的羞耻心都没有了呢……"我觉得相亲和感情问题并不是我们之间可以良性展开的话题，于是咳嗽一声又不着边际地绕回原点，"所以这花到底是用来干什么的？"

"我想约你出去。"他说。

这下我真的愣住了，感觉刚才那个幻想中忍不住往偏处想的自己反手也给了我一拳。

超直接的一拳。

"啥？"我于是反应不过来了。

他倒是反而姿态放松起来，带着若有若无的笑意看着我。

"我想约你出去。"他重复了一遍——对我的迟滞状态没有任何的帮助——然后他才带着一点满意的语气说，“艺术街上一家私人画廊有个非公开的画展，我觉得你可能会感兴趣的。”

“我不明白……”

“‘Settle.D’的设计师，就是你很喜欢的那位谢临，你知道他本人还是个画家吗？”

“倒是听说过他喜欢画画，”我想了想，“不过设计师喜欢画画也不是什么特别的事……”

“事实上他一直在匿名作画，”他接着我的话说，“放在朋友的画廊里寄售，虽然数量很少，但在藏家里评价很高，这次画廊做主题展，他也有作品展出。怎么样，我弄到一张邀请函，愿不愿意作为我的女伴陪我去看一看？”

我惊恐地看着他：“为什么你会知道这么多事。”

为什么今天一个早上在我头痛欲裂的时候要处理这么多又这么大的信息量。

“别忘了我以前也在画廊工作过，”他轻描淡写地说，“总会认识几个朋友的……还有朋友的朋友。”

我感觉自己的嘴巴开合了一阵，才好不容易说出点什么：

“不知道该震惊你朋友的地理跨度还是该震惊你的敷衍程度……”

他轻笑了一下：“如果这还约不到你，那我只好再加一点码了，”他明知我不会拒绝，却仍然说，“虽然画展上不一定见得到他本人，但你可以将这当成是正式接触他之前对他多做的一些了解……你也知道谢临这个人，行事非常低调，几乎不参与什么宣传活动，也很少接受采访，所以虽然大大小小的奖项拿了不少，但对于大众来说知名度其实并不算高。我听说他的合伙人一直在劝他从品牌宣传的角度办一个设计展，他也接受了这个建议，只是一直没找到他认可的方案和满意的合作方……我刚刚和唐总商量了项目可行性，我觉得我们可以想办法争取一下。”

他把这个惊人的消息扔给我，然后有趣地看着我凝固在原地难以消化的样子。

“你的意思是说，我可以参与这件事？”我几乎有点小心翼翼地问他。

“为什么不呢，毕竟我是部门的负责人，给手下派活儿也是我的工作职责之一。”比起我的小心翼翼，他则轻松又好笑地回看着我，那表情有些不可思议的纵容，让我觉得自己就像个有机会见到偶像的初中女生，理性上已经因为自己的表现没脸见人了，但感情上仍然完全克制不住。

我把脸埋在手里深深地吸了一口气，让自己冷静下来，在心中默念：“不行，我是职业的，我是有职业素养的。”

我置身过更激动人心的场合，也见过更遥不可及的人，即便是在那个彼此都有点匆忙的情况下第一次见到钟爱品牌的钟爱设计师，也没有像现在这样紧张失措过……

我突然意识到这其实或许只是因为邵宇哲，因为他的花，因为他说约我出去的方式，因为他所做的一切，和那个不可思议的纵容的表情。这一切都让我的努力克制变得如此的困难。

又或许只是因为这些让我一次又一次地意识到，我大概永远也等不到对他的这份感情过去。而这个，几乎已经是唯一一件不会让我感到惊讶的事了。

“为了工作我当然义不容辞。”我于是整顿出一个极具职业素养的表情，向领导保证，“我们什么时间去，我需要好好地准备一下吗？因为这听起来是一个相当正式的场合。”

“星期六晚上七点半，”他温声说，“我来接你。”

我原本以为自己会因为他像念电影里的台词一样说出这句话而感到心跳加速，但首先想到的现实问题却先一步让我忍不住失笑。

“你确定不是我来接你吗？”我提醒他，“鉴于我才是那个有房有车的殷勤下属，而你是那个因为驾照才刚刚换回，到目前为止还需要仰赖出租车等城市交通工具，以及殷勤下属偶尔捎带出行的英俊领导。”

他明显忍住了一个无处吐槽的表情，两根手指不忍直视地从口袋里捏出来一把眼熟到惹人生厌的车钥匙。

这下连我也吐不出来槽了。

可以的，这很唐磊。

大概是为了平衡一系列突如其来让人震惊的好运，这个星期剩下的时间就变得格外繁忙。

安的料理店重启时间定在下周一。考虑到店址在 CBD 附近，客户群都是周围写字楼的白领，作为其中的一员，我的体会是比起周末还要来到工作地点的糟心，还是工作日，尤其是休息之后的第一个工作日能来到店里相约美味的食物和英俊的大厨比较温暖人心。在否定了我附加提议的舞狮队和三万响鞭炮之后，重新开业也只不过是一个普通的重新开业，有的只是在这种情况下永远少不了的优惠活动和亲友团的出席。届时，我和任奕鸣的约定也会在安的店重新开业那天正式开始。

而之前提到过的那个服饰品牌的二十周年纪念展的布场终于开始动工，我们按照客户提供的旧有资料尽可能地将会场还原成最初那间设计工作室的样子，一切以时间做切分，用不同阶段的代表性元素规划空间结构，用以展示这一时期的设计手稿和经典成品，配合灯光和展台，让整体效果更加偏向于艺术性而非商业性。展品求精，这样主厅的空间就可以用于搭建新装发布会需要的 T 台和观众区。

这个是大框架部分，剩下的就是在现场边修改边设计边做的部分了。

而我在这一阶段的工作说得比较动听一点是对外沟通满足客户各种要求，对内协调部门合作监督项目进度，说得自暴自弃一点就是高级打杂，负责联络一切，什么杂事都要管。

之前审核的三份合同需要安排时间和工程部进一步沟通进度表，还有设计展的事需要尽快收集资料，至少在和谢临本人约谈之前要拿出来一些可以谈下去的东西……而我这样一遍又一遍地在脑子里确定工作安排、设置日程表，是因为在完成所有的准备和整理之后，我突然开始无法控制地紧张起来。

因为工作的关系，我已经很习惯出席各种展览、开幕式、发布会以及其他类似的场合了，何况我们几个的品位是被身为富二代的阿墨一路抽打上正轨的，早就不会再因为什么情况穿什么衣服这样的事感到不知所措。可是通常我做好准备接下来就是直接开车前往目的地，从来没有像现在这样等着某个人，而这种等待，几乎就像是个约会一样。

我突然觉得自己的一切都变得糟糕起来。

“这不公平，”我在打开门后无力地靠在门框上，身上是换了无数穿搭最终回归的第一选择，而我内心的戏已经演到天地苍凉了。我含冤带怒地斜仰着看他：“男人在任何时候都能穿西装应付，而女人却有没完没了的选择。”

邵宇哲站在门外，穿着剪裁得体的定制西装，打着领结，头发向后梳过一个节制的弧度，英俊得简直不可理喻。他挑了挑一边的眉毛，看起来像是为我突如其来的控诉愣住了。

“……你怎样都很美。”他说，“我猜这个时候我应该这样回答？”

“想不到你也是这么套路的一个人。”我被他的回答逗笑了，多少有点自暴自弃，好吧，既然无论如何都赶不走“约会”这两个字，不如索性自我放纵一次。

“我怕太出乎你的意料吓跑你。”他用“完全不是这样”的表情说，然后侧身摆了一个请的姿势，“可以走了吗？”

“我还是觉得应该我去接你，”我伸手取了一件薄风衣，而他绅士风度十足地接过去帮我披上，有那么五秒钟我都忘记自己要说什么了，“你看起来很适合伴随着背景音乐用一个自下而上的慢镜头从旋转楼梯上走下来，然后我目瞪口呆地看着你。”

“我希望这是在夸奖我得体而不是在暗示我过于隆重，”他在我身后带着笑意说，“你要知道，我太紧张了，大概换了两百条领带来尝试搭配。”

“你才不紧张，”我看着他按下电梯，因为他的取笑不轻不重地白了他一眼，“而且你系的是领结，”我指着我们谈论的那个区域，“——用领带打成的领结？”

我目瞪口呆地看着他。

“除了旋转楼梯，我还是有一两个小诀窍的。”他俯身靠近我，坏心眼地说。

非公开的艺术展我以前也参加过，并不是因为工作原因，而是纯粹陪阿墨或者安。阿墨是因为父母的关系，安则是因为偶尔需要代替唐磊出席。这种场合与其说是艺术展览不如说是社交活动，是画廊为了推出画家或者维护和收藏家之间的稳定关系而举办，同时也是收藏家之间相互结识的一种方式。不过这两者都与我没什么关系，我更乐于将它当成一个学习的机会。画廊对于自身经营画作的展示方式总是要更加专业，或者说更加明确一些，总有值得学习之处，虽然有时候也可怕得要命，但好在不管是哪种情况，食物总是不错的。

和我估计的差不多，画廊的环境很典型，只是更加放松，大概因为这个展览已经进行了两天，而画框右下角的预留区里几乎都贴上了被预订下的小标签，现在看展的人里多数都是在专注地欣赏作品本身，间或和同伴轻声交流，氛围相当融洽。

让我注目的反而是这些人，有一多半是在电视和杂志封面上经常出现的脸孔，另一半大概已经超出了我会关注到的领域。虽然这是这种场合本来就应该有的样子，但总让我觉得有些说不上来的怪异之处。或者只是因为站在我身边的这个人如此与环境相融，这提醒了我，我们之间有着五年全然陌生的时间，而这些陌生时间里承载着的，却是让我们最终成为现在的我们的全部经历。

“你到底是怎么搞到这里的邀请函的。”我被自己的想法沮丧到了，叹了口气说，并不是真的在向他索要答案，更多的只是在感慨而已。

“嗯……这个说来有些巧合，”他的手指滑过额角的发线，有些过分轻描淡写地说，“我认识这里的老板。”

我一惊，虽然并没有真的在乎，但这绝对不是我预计会得到的回答。

“确切地说是总部的老板，在意大利，因为工作认识的。我知道他们一直很重视中国的发展，几年前就来到这里开了这家画廊，用来发掘有潜力的艺术家和稳定的收藏家。所以这两天把工作和生活安顿好之后，我就抽空和这里的负责人联系了一下，了解到谢临的情况也是巧合。”他和我解释着，一边向我身侧的方向愉快地招了招手，我顺着他的方向看了过去。只见一个身材高大的金发男人从远处迎了上来，他叫着邵宇哲“Shawn”的名字给了他一个拥抱，用一种浓重到我有些听不太清的口音在他耳边说了什么，有几个词听起来像是欢迎和许久不见的意思。他和邵宇哲热情地交谈了两句，然后才看向我，邵宇哲向我介绍道："这位是 Anthony Matteo，这家画廊的负责人。"

我正挂着公务专用笑脸准备打招呼，却在下一秒眼前一黑，随即落到了一个几乎勒断我肋骨的熊抱里，瞬间就无法呼吸，然而贴在脸上的西装面料极其柔润，让我在窒息之余还需要很用力才能忍住在上面蹭一蹭的冲动。

"你一定就是 Shawn 的女朋友，"他在我因为缺氧视野中开始闪现出光斑时终于放开了我，吐出一长串如歌……剧般的意大利语，然后才切换成中文极其热情地对我说，"我终于见到你了。"

他的中文反而比带着意式口音的英文要容易辨认得多，然而当我辨认出他所说的内容后，立刻就因为这内容感到大窘。我想象得到他大约是把我当成了别人，只好窘迫地向他伸出手，解释道："我想您大概是误会了，邵总是我的上司，我叫暖冬，很高兴认识您，Matteo 先生。"

"上司？"他疑惑地重复了一遍，慢了半拍却仍然握住了我的手，轻轻眯着眼睛来回看着我和邵宇哲，然后不知道想到了什么，突然露出一个迷人的笑容。他举起握着的我的手，放在上唇轻轻碰了一下，才礼貌地对我说，"叫我 Tony，please。很高兴认识你，但是，如果不介意的话，我是否可以借用一下你的这位……上司。"

他向邵宇哲偏了偏头，我当然明白他的意思，于是轻松地看向我的那位上司，说道："你们聊，我去周围看看。"

上司没有说话，只是点了点头，唇角的弧度里掺杂了些说不清的东西。我对这一切都感到有些困惑，虽然并不觉得介意，只是那种怪异的感觉突然变得清晰起来，变成了一种几乎可以触及的距离感，我在自己被这种感觉占据之前加快脚步直线走开，逃避般走向远离的方向。

虽然此行是为了我的偶像设计师谢临而来，但出于尊重和职业习惯，我仍然按照画廊安排的顺序一幅幅看了下来。这是几位画家共同完成的关于某个主题的展览，但是主题的内容并没有在现场明确标示，我猜大概说明是写在邀请函上而邵宇哲还没有来得及告诉我，只是直觉应该是和城市有关。几位画家的风格迥异，却因为布展的方式平衡得相当完整，行走其间好像置身于平行世界的交汇之处，目睹着那些擦肩而过的人生和强烈而孤独的情感。。

果然有着专业的独到之处。

我是在走到画廊过半一个不是非常显眼的地方找到此行的目标物的。我不确定自己是否有预设过设计出“Settle.D”这般简洁理性产品的人，在绘画方面会是一种怎么样的风格——可以说是相当的浓烈，几乎都是凛冽的线条和大块鲜明的色块，构成了仿佛带着侵略性的画面，但离近了看，笔刷留在画布上的层次却又是熟悉的冷静节制，在这样的画面里，疏离到称得上有些残酷的程度。

实在有些出乎意料却又在情理之中的风格。

我选了一个合适的距离，在画面前站定。

“觉得奇怪吗？”一个声音在我身后响起，如果不是因为太过熟悉，我几乎以为自己不小心把心声说了出来。

我回过头，看向站在我身后的人，果然是杜晴雪，和在任何一个工作场合见到的她完全不一样，大概因为那总是柔顺地落在肩上的头发此刻被松散地挽在了脑后，露出天鹅颈一样修长的脖子和那一片细腻嫩白的皮肤，通常的职业套装也换成了经典款的修身小礼服。她的样子让我突然想起来这甚至是个比我还要小一些的年轻女孩。

“我并不太懂得欣赏现代艺术，”我对她笑了笑当作打招呼，“我原以为这种怪异感是因为我的先入为主，我一直在猜测这次画展的主题是与城市有关的，但是这幅画……我不知道，可能因为这幅画的名字叫作‘Empty Plate’而它也确实只是一个空盘子，当然它可以是某种象征，或者有其他更深入的含义，但我总觉得有些……怎么说呢，格格不入的感觉。”

因为太不确定，所以我的语句有些东拉西扯，但她看起来似乎并不介意，只是安静地听我说完，才微微压了一下嘴角，回给我一个十分矜持的微笑。

“我想起来以前有人和我说过这样的话，”她说，“艺术是情感的一万种表达方式，无论是表现还是欣赏，其实都只是在寻求其中之一的共鸣。所以，你不需要理解每一种艺术，就像你不需要对所有的感情都产生共鸣一样。”

我认真想了想她的话……这是在安慰我看不懂也没关系吗？

“这么说这幅《空盘子》确实有某种象征或者其他更深入的含义了？”我问她，这个问题其实很傻，所有的艺术都应该有更深入的含义，而我仍然不知道这次画展的主题是什么。

“这幅《空盘子》是画廊的私藏，”她没有回答我的问题，只是淡然地说，“你的感觉没错，确实和这次画展的主题没有什么关系，我听说是有个人想要讨好他的女朋友，所以特别让画廊展示了出来。”

“……原来是这样。”我看着眼前的画，有些遗憾地说。

“怎么了？”她带着些意外地问，“不觉得很……浪漫吗？”

“确实挺浪漫的，”我客气地笑了笑，“不过大概是因为年纪……”不对，二十五六岁也是浪漫情怀的大好年纪，我轻轻摇头，“应该还是性格的关系吧，我本身不太赞同这种给别人添麻烦的浪漫方式。”

“会给别人添麻烦的浪漫方式？”她反而像是对这句话有了兴致，偏头看向我，等着我的解释。

“是啊，”我有点后悔自己在她面前表露出的情绪，也有点惊讶她的观察力，只好说，“画廊会举办这样非公开的画展，想必对发展和维护稳定收藏家的目的已经相当明确了。既然要发展长期关系，包括品牌在内，保证经营的稳定性和品味上的可靠性就应该是最为重要的事，也是展会所要传递出来的信息。所以我觉得如果某个人只是因为这样的原因就提出任性要求的话，大概会给画廊的经营者带来麻烦吧……”

她不置可否地打量着我，说：“通常人们会觉得这样的故事浪漫，除了本身就容易为美好的事物感动，另一方面也是因为多少把自己代入到了这样的浪漫之中吧……没有想过吗，自己会是故事主角这件事？”

“小时候倒是想过，”我笑了笑，“拯救世界什么的，也会羡慕那些与众不同的人和事，但是或许已经接受了自己平凡的现实，慢慢觉得这个世界既然有发现隐秘风景的冒险家，就会有那些安装石梯和护栏，把安全须知钉在墙上的无名角色，我想我或许对后者更加容易产生共鸣吧，”我摇了摇头，决定还是停止这个走得有点远的话题，“还有大概就是在这样的场合里太习惯从工作人员的角度代入了，忍不住做了这样的预设，擅自抱怨起来，让杜经理见笑……”

我话还没有说完，却发现她不动声色地把手指放在唇边，已经忍笑到轻微颤抖了，我从未见过她这样，一时不知道该做何反应，只是有些郁闷自己说的话真的可笑到这种程度吗……大概是我的表情太过困惑，她略带歉意地轻咳了一声，浅笑着说：“抱歉，我只是想到如果 Tony 知道他牺牲职业尊严换来的是这样的后果，不知道会是什么反应。不过……怎么说呢，浪漫的意大利人。”

知道她不是在笑话我，我确实感觉好很多，但后续的内容却越发让人一头雾水。我刚想应付着说些每个人的想法都不一样之类的句子，她却已经收敛了情绪，脸上还是那种安抚的微笑，顺着我的话继续说道：“不，算不上什么抱怨，只是从工作的角度来说，这样的想法倒是听起来让人格外地放心。”

“看来我这样无趣的性格也还是有积极的意义的。”我决定不去在意，于是也回给她一个微笑越过刚刚那一段，心里想着算上之前那句不需要理解每一种艺术的言论，这位杜经理真是相当的会安慰人，对人的态度虽然称不上热情，但距离却格外舒适……果然那个同样的语气却能瞬间降温咄咄逼人寸步不让的设定是梁总监限定款。

——虽然是自己强行关联起来的，不过从这个星期现场布展更为激烈的场面来看，这口强行的糖还是足够我支撑到项目结束的。

这倒是让我突然想起一件事，欢喜冤家的剧情一直是我自己无责任脑补的，主要是用来让画面变得好看一点，其实对男女主角真实的感情状态一无所知。我看了看四周，她确实不像是有人陪同的样子，于是我用闲聊的语气问道："杜经理是一个人来的？"

她略微点了点头，目光飘忽了一瞬就转而回答道："我就住在附近。"她顿了顿，"你呢？也是一个人来的吗？"

"和我们公司的邵总一起，主要是一些工作上的事，"我简单地说，"他刚才被 Matteo 先生叫走了，一会儿介绍你们认识。"

"这么说你已经见过 Tony 了。"她露出一个不易察觉的微笑，我总觉得哪里有些怪怪的，却又说不上来是哪里怪。她大约看出了我的想法，简单地解释："我和他是旧识。"这句话对我的疑惑没有任何用处。她接着说道："为我们布展累了一个星期，周末还要工作，真是辛苦你了。"

"不会，"我把那种怪异的感觉抛在一边，反倒有些不好意思起来，"何况如果不是因为工作的关系，我也没机会欣赏到这样……高水准的画展，毕竟它是非公开的。”

其实想说的是，来这儿的目的至少有一半是和私心有关，但总觉得才说了上司的事就说私心，不把前因后果解释清楚很容易让人误会——毕竟人类心虚的特点就是想得特别全面并且表现得特别的心虚，所以我决定还是到此为止然后保持微笑就好了。

她也回复了一个心领神会的微笑，虽然领会的部分可能完全是错的。

“顺带一说，你推测的基本没错，这次画展确实是与城市有关，关于城市里的离别与重逢。”她微微笑着，用一种怀念的语气柔声说，“其实来画廊也算是我的一个习惯，不管再怎么忙都会抽时间到这里待上一会儿。那还是我在伦敦念书的时候，学校附近有一家画廊，当然没有这里大，但是同样经营得很好，我最初会去那里还是因为一篇期末论文，后来变成每个周末都要在那儿待上一天，直到学期结束也没有停止，甚至毕业回国后也是。”

因为有个人问了你在做什么，然后第二个星期你请他喝了下午茶，第三个星期他请你喝了他最喜欢的咖啡。

我听见自己的心跳剧烈地响了起来，过快的血液流速几乎让我来不及交换到足够的氧气，这个熟悉却不同角度的故事就好像失控的车子一样无视红灯直直撞进我的脑子里，让我甚至一时有些茫然失措。

我茫然地越过她的肩膀，看见故事里的男主角正从她身后的方向快步走过来。她顺着我的目光回头，而我给自己的大脑按下一个暂停，像旁白一样开口，声音谜之冷静地说：“你不会刚好认识一个叫作邵宇哲的人吧？”

“邵宇哲？”她带着微微扬起的尾音，饶有兴致地重复了这个名字。

男主角却在短暂的惊讶之后很快就恢复了自若。

“Alicia.”他说。

“原来你叫邵宇哲。”杜晴雪给了他一个久别重逢的笑容，“你果然回来了，你看，我说过你迟早会想明白的。”

邵宇哲没有说话，她并不在意，只是自然而然地靠近他，给了他一个轻轻的拥抱。

“看来我们需要重新认识一下了，邵宇哲，”她的声音里带着温暖的笑意，“我叫杜晴雪。”

第九章

谷物饮料和苏打饼干

失落的资格都没有，

就擅自悲欢离合自我陶醉。

“那边那个是什么情况？”

总监梁景春先生是一个相当高大的男人，我个子不算矮，却也只能是头顶勉强和他的肩膀平齐，加上为了——用梁总监的原话来说——对品牌形象负责，所以一直坚持不懈努力健身，再加上他对户外运动的热爱，后果是不但身形高大而且还相当结实，最终以一己之力轻松遮挡掉我的全部光线……之后，问。

我正趴在展厅临时搭建的简易工作台上核对进度表和预算单，因为灯光还在调试，忽明忽暗的晃得我的眼睛都快瞎了。但这不是重点，重点在于梁总监伴随着话音一同落下的那份修改得密密麻麻的活动流程和安保方案，还把“亟待确认”四个大字用加粗油性笔写在了封面上。

这次周年展除了设计手稿和经典成衣展示外，还有一批价值不菲的珠宝首饰。虽然这些首饰在整个开幕活动结束后，会换成仿制品替代，但整个活动过程，包括之后的代言人签约和媒体访谈，全程使用的是实打实的真品，而且大部分造价高昂还是私人定制，因此在安全方面不能有任何差错。我完全明白各方所承受的压力程度，所以基于这些前提，布展设计拉拉扯扯算得上是正常情况，人员名单和活动流程加加减减也是固定项目，时不时地就说安保方案要变更，甚至整个方案需要重做修改更是可以理解的。但是同时对我做出上述三件事之后还要以一己之力挡住我全部的光线……真的不行。

我连人带进度表一起默默平移出梁总的阴影范围，头也没抬地继续趴着，回答他的问题："因为观众区的结构变更，T 台搭建正在赶落下的进度，活动结束后外面的品牌发展模块会移到这个区域作为固定展出项目，所以空间上……"

"不是，我是问你们新来的那个总监是什么情况。"他微微皱了眉，打断我说。

我忍住放弃支撑干脆以头抢桌的冲动，在心里深沉地叹了口气，才放下铅笔直起身来，正打算开口，却突然被一阵头晕袭击。幸好手还扶在工作台上，我尽量保持不动的姿势对抗天旋地转的失衡感，直到过了这一阵，才说："邵宇哲，邵总，我们部门新上任的部门总监，三个星期前刚刚被唐总从英国的 Worthington 公司挖回来的，不但能力出众，还有着相当丰富的工作经验。"我挑着重点简单复述了一遍，之所以说是"复述"，是因为我刚刚才为两人做了介绍，所以我的复述可以说是一个毫无意义的回答。

——是的，我知道梁总在问什么，所以才能故意闪避的不是吗。

"他们认识？他们两个？"可惜梁总说话的特点就是简单直接，

能让我闪避两次，这个表现已经可以称得上是忸怩了。所以就是这种额外的表现才给了我这种人开脑洞的机会啊梁总，要不是这件事完全失去了趣味性，这两个问题我能补出八百字的剧情来。

要不是……完全失去了意义的话。

我终于把那口深沉的气叹了出来。

虽然梁总言简意赅的句子里并没有指名道姓，不过这个“两”字的另一方指的自然是杜晴雪。如果他真的如我预设的那个欢喜冤家的故事那样，对杜晴雪有什么念想的话，他现在和我的处境倒是微妙的相似。

星期六晚上邵宇哲与杜晴雪两个人在画廊久别重逢，经过短暂的重新认识之后，约了星期天另行叙旧。虽然我毫无疑问的没有列席，但是也不难想象整个过程除了谈及彼此的情况外，按照两个人的性格一定会在叙旧之后走上讨论工作的道路……所以在星期天快要结束的时候我接到邵宇哲的电话，告诉我他会在星期一下午，也就是今天，处理完其他事之后过来现场看一看。

不能不说原本想着布展期间基本上都是泡现场可以不用去公司，正在庆幸自己能逃避一时算一时的我，在挂断电话的时候发出了足以惊动邻居的悲鸣……

我不知道自己究竟在逃避什么，是自己仍然喜欢着那个人的事实；还是灵魂伴侣的故事果然按照套路眼看着就要延续下去，而我只得到一个旁白角色的失落；还是我不过是在重复着五年前连失落的资格都没有，就擅自悲欢离合自我陶醉的可笑画面；更或者逃避的其实是才说完什么感情问题无关紧要的轻快话之后就立刻被车祸撞碎在现场的满溢的羞耻感，无论哪一个，对我来说应该已经不是什么新鲜的体验了。

只是才自暴自弃地卸下防备，想要偷偷放纵一次感情，就迎来如此精准的打击，这个世界竖 flag 的方式真是充满了恶意。

我长叹一口气，决定把注意力集中到工作上，唯有工作使人麻木，无论是挫败感的转移，还是面对眼前这位男士——对项目进展困难至少要负一半以上责任的梁景春梁总监本人时内心自动生成的那种无悲无喜，都是我现在迫切需要的。

我无悲无喜地拿过那份写着“亟待确认”的修改方案，期望这一沓纸不要把我手头上的工作时光倒流得太过严重。我能理解梁总监的意思，基于国家对自有品牌建设的扶持，这家公司作为本地一个重点项目，并且眼看就要走向国际了，二十周年活动自然是个很好的宣传机会，身为品牌运营负责人，梁总监自然是邀请了几位市里的领导来参加。虽然幻想巴黎时装周的场面是杜经理不切实际，但企业年度工作汇报的画面恐怕连市领导都不想加这个班……以我的能力实在搞不懂该如何延续发展互补这两种风格了。

所以直接造成了我“能力有限，需要顶头上司亲自来到现场指点工作”的场面。

所以“那边那个是什么情况”里的“那边”，就是指点工作的现场。

我回头看了看那个现场，那两人都一脸严肃地在讨论着场地设置，时不时地在设计图复印件上写写画画……他们周边仿佛散发着一种旁人无法介入的气场，而我和梁总就是旁人的主要代表。

“听说之前在英国时认识的。”我看完了，回过头的时候回答了梁总的问题，“我也只知道这么多。”

“……你刚刚那个漫长的沉默是怎么回事。”梁总表示怀疑。

我冷静地看着梁总。

“……算算数。”我用手指尖压着铅笔在预算单上滚了一个来回，暗示这个数算得特别烟波浩渺。

梁总给了我一个临时想借口临时得太明显的表情。

就在我打算重新趴回预算单上自证清白的时候，梁总突然阻止了我，他皱了皱眉，说：“你看起来脸色不太好。”

“可能是趴太久了，刚刚起身的时候有点晕。”我对梁总的关心表示了感谢，其实这只是一半的原因，另一半则是因为从昨天开始我就隐隐觉得有些不太舒服，大概是感冒的前期征兆，毕竟从周六开始寄情于工作到现在，我唯一称得上睡眠的时刻是发生在浴缸里的。

是的，就连我自己也没想到会心烦意乱破绽百出到这种程度。虽然开始感觉到不舒服时立刻吃了感冒药，但粗粗算来我已经有将近一年半的时间没有感冒过了，免疫系统确实提交了想要升级病毒库的意向。再加上今天为了不与工程部施工工作互相影响，我把工作台搬到了透风的门边，虽然这种程度的小风对正常人影响不了什么，但对睡眠不足过度疲倦徘徊在感冒边缘的人来说，无知无觉地在雪上加个霜还是绰绰有余的。

不过这种事不提也罢。

“你先休息一下吧，”梁景春放缓了语调，偏了偏头，“走，去那边，我给你弄点热的东西。”

梁总说的那边指的是展厅内侧的一个区域，正式活动当天会摆上桌子提供饮料和餐点，但在现阶段就只是个不怎么需要被照顾的空间，大概三分之一用来堆放一些箱装的零散材料，另外三分之二则被清扫干净，放上热水、袋泡茶、速溶咖啡和一些独立包装的饼干糕点，供所有工作人员休息时取用。据说这是眼前这位梁总特意安排的。平心而论，梁总这个人，虽然外形上相当具有压迫感，但其实是个挺会照顾人的人，考虑问题各方面也都很周到，毕竟是凭着自身的努力在一家这种规模的公司一路拼到现在这个位置的人……所以那种过分严格毫不留情的态度也是杜经理专供的？

——事到如今我居然还有余力想这个看来真是病得不轻。

我抬手看了看时间，现在也才下午三点多，距离今天的工作告一段落还是有那么段不长不短的时间，我决定还是听从梁总的建议，一杯热饮的休息时间耽误不了什么事，但是强撑下去不仅显得矫情而且对工作效率也没有任何积极的意义。

跟随梁总离开时眼角扫过那边的现场，隐约看到邵宇哲投过来一个疑惑的目光，又似乎只是我的意识过剩，但是无论怎样都不想确认了，我只是快速地略过了这个念头，在小吧台旁边的空桌子前坐下……虽然只是临时的休息场所，摆放的也都是简易的塑料桌椅，但毕竟有桌又有椅，还真是一点也不马虎。

“你不舒服就不要喝咖啡或茶这类刺激性饮料了。”梁景春递给我两个套在一起的纸杯，里面盛放着满满一杯色泽诡异的液体，还有些更诡异的固态物质悬浮其上。

我抬头看他。

“冲泡的谷物饮料，”他说着皱了皱眉，“行政部采购的这些东西，你们小姑娘吃点儿零食怎么都这么稀奇古怪的。不过这几个的口味儿还成。”

“了解得可真清楚啊，梁总。”我道了谢，一边构建着他偷零食还一个一个尝过来的画面，一边用双手捧着杯身喝了一口，因为不舒服，中午没吃下多少东西，此时感觉一阵暖意从胃底向全身扩散开来，立刻放松了不少，饮料带着谷物自身的甜味，味道确实不错。

“这些都是从茶歇间里搬过来的，”他没理我，只是转身给自己冲了杯速溶咖啡，说道，“以前公司小，人手不足的时候经常加班，那时候也不像现在叫外卖那么方便，公司里存了整箱整箱的泡面、饼干，我还看见过有人为了节省时间干吃速溶咖啡的，这个记忆大概要伴随我一生了。”他在我对面坐下，顺手扔了两小包苏打饼干给我，“后来公司发展上了正轨，对茶歇这件事就有点放纵，与其说是茶歇间，不如说已经扩张成了小型超市，加班这方面倒是没什么变化。所以不要客气，也不要被这个零食规模吓到了。”

“我倒是被这个明明做着时尚产业却卡路里过高的企业文化吓到了。”我半开玩笑地说，和加班有关的故事倒是让我有了种感同身受的亲切。

“好好吃饭是健康管理的一部分，我们的品牌理念就是Healthy&Power，”他含着笑有点得意扬扬地说，“没有精神的身体可撑不起来我们的设计。”

这倒是事实，我喜欢的也正是他们家这一点，我还记得我在他们家买第一套衣服时候的事。

我是个对穿衣打扮比较慢热的人，念书时不是校服就是永恒的牛仔裤、卫衣，仗着年轻无所畏惧，直到临找工作面试，看了无数攻略，才想起场合的问题，哭着喊着求大户人家的阿墨帮忙，从此打开阿墨的时尚女魔头开关……那时她把我直接塞进的就是这个品牌下的Step1.，面向的就是初入职场的毕业生，价格不算贵，但简单利落的样子非常耐看，而且不知道是设计还是版型的关系，明明只是职业装，却让我这样长相普通、身材普通的人产生了一种闪着光的精神力，一眼看过去仿佛十分热爱自己的工作……

我想起那个时候的自己，又想起在开项目会的时候梁景春总监对品牌传统路线的坚持……这个人大概真的是非常喜欢这家公司吧。

于是我给他讲了这个故事，我猜对他来说，大概比直接恭维本人还要来得有用。

“Step1. 是我们的经典系列，”这个故事果然取悦了他，梁景春带着点得意地笑说，“也是最成功的系列，可以说是我们品牌的起点，之后所有的系列都是Step1. 理念的延续，你也知道，我们公司发展到现在也经历了很多事，有过几次起落，”他提及得非常含蓄，但只要稍微关注一点这方面就不难了解，除了市场环境，高层之间的分歧和斗争也是行业里津津乐道的故事——货真价实的故事，我给了他一个明白的眼神，听他继续说，“但是不管外人怎么说，这部分的理念从来也没有改变过，在之后每一个阶段的发展，都可以找得到这些最初的元素。”

“每一个阶段都能找到这些元素？”我感到脑子里模模糊糊地冒出来个想法，虽然对于服装行业，我是纯粹的外行，但标志性这种概念倒也不是什么难以理解的东西。

我望向展示厅的方向，各个区域还在搭建，灯光也在调试，展品还没有放入，但整体的轮廓已经显现出来。我在脑中填补上未完成的部分，想象着最终呈现的效果。以时间为线的整个发展历程，步调稳定，中规中矩，但是也仅此而已，没有更多可供延伸的部分。

就算是我，也能理解杜晴雪不满意的地方在哪里。

“抓住过去不放很容易，”梁景春也跟随着我看向同一个地方，但他的目光却落在位于中心的两个人身上，“问题是守着过去的同时如何放眼于未来，其实她考虑的部分要比我难多了。”

我也把目光移了过去，位于中心的两个人像是在讨论什么复杂的问题，邵宇哲抱了手臂，皱着眉又有点无可奈何的样子，杜晴雪则倾身靠了过去，自然而然地把手放在他的手臂上，像是极力在说服他什么。而邵宇哲就在我看过去的时候，仿佛感受到来自这边的视线，突然也偏头看了过来。

我看过很多关于这样场景的描写。

两个人隔着人群看向对方，于是世界突然变得缓慢而沉溺，就像是屏息沉入水中，所有嘈杂的声响都变成了耳膜上有些锐痛的负压，散发出模糊而连续的气泡，而那些在视线之余来来往往的人不过是一团又一团游动着的阴影，没有样貌，也看不清轮廓。

芸芸众生啊……

我在自己泄露太多之前堪堪滑开了视线，回想了一下梁景春说的话，才有些疑惑。

“我以为她最难的部分是来自于你。”我疑惑地说。大概是这番交流让我产生了些许同盟情谊，不自觉问了出来，才觉得后悔，无论是两人的私人关系还是对方公司的内部斗争，都不是我应该提到明面上的部分。

我以为梁总监会给我一个敷衍的回答，或者装作没听到的样子，然而他只是沉默了片刻，我隐隐有一种更加不好的感觉，就听他说：“我第一次见她的时候她才十二岁，从天而降，我就这样伸手接住了她，再之后无数次地接住她，我想最难的大概是，无论她变成什么样，在我眼里她始终是那个想爬到树顶看风景的十二岁小姑娘。”

他像是在自言自语一件完全无关的往事，又像是和现在有着某种千丝万缕的联系，我内心复杂地看向梁总，感觉自己才刚刚反省了工作场合不专业的同盟情绪，就发现对方的情绪值要比我高出很多。

“所以你其实是站在杜经理那一边的？”我疑惑地问，越发钦佩自己就这样直接说了出来。

他果然用一种不赞同的目光看向我，我立刻把脸埋在杯子里喝我的谷物饮料，逃避目光接触。

“我是站在公司这边的，”他最终带着点官方的轻描淡写说，“而我相信她是接手公司的最佳人选，她缺乏的也不过就是时间和展示的机会而已，所以我同意董事长的想法，与其对她百般维护引发更多的质疑和不满，不如把她逼到极限，让她以最快的速度成长。”

……刚刚还说把人家当十二岁的小姑娘来着。

我突然心生出一丝同情，一半是对面前这个男人，一半是对我自己，如果早两天听到这番话，我大概会有官方发糖的惊喜，但现在，果然只剩下同是天涯沦落人的悲悯。

唯有工作解百忧。

“我觉得好多了，休息了这么长时间，也差不多该回去继续工作了。”我把杯子里的液体一饮而尽，刚刚还抚慰过我的饮品这次因为温度的流失给了我一个冷战，我无视了身体的抗议，接着说，“我想了一下，关于你说的，每一个阶段都能找到的元素，我觉得我们可以换一个思路，你听一下是否有可行性，我们再和其他人商量一下。”

梁总点了点头，从我手上拿过空了的纸杯，连同自己的一起丢入垃圾桶，才跟上我，我们一起往另外两位负责人所在的方向走去。

“刚刚我在想，我们现在整个展厅的设计，都是以时间线为基础的，发展史的部分很好地体现出来了，但关于未来的部分看起来实在过于套话。”我在路过工作台的时候顺手拿了一份设计图，继续说，“我考虑换一个方式理解，如果我们能将你所说的这些代表性元素解构出来，以此作为核心，连接起不同阶段、不同方向发展的共同之处，时间线向外展示品牌从未变过的创作核心，向内则将一路走来的发展历程最终回归于这间工作室，”我斟酌着用词，总结自己的想法，“表达出这样一种态度，就算是分歧也好，不同方向的尝试也好，成功或者失败，这二十年来的风雨周折，都不过是这种最初理念的延伸，不忘初心，而又充满了无限的可能。”

“确实，”梁景春微微皱了眉，认真思考着我的话，“是比现在要好得多的想法，元素的解构对我们来说不是问题，但最终是否真的能达到你说的效果？”

“这个需要和设计部商量一下了，”我抬头看了看目前布展的进度，“我们原本的设计就比较偏向艺术性，也有分解的行为，强调的是各个阶段的不同特点，现在只需要略微做一点扭转，加入核心元素的部分，需要改动的地方应该没有听起来那么多，还有就是一部分灯光和展架位置的调整……只是不知道最终能不能做到我想象中的那种效果。”

“姑且试试看。”梁景春点了点头，招呼杜晴雪和邵宇哲，两人看着我们走过来，不知道为什么我心里有一种非常不好的感觉，我想大概是睡眠不足和感冒带来的虚浮感，或者是把已经失去温度的饮料喝完的错误决定，或者就只是那两个人看向彼此的样子。

我忍耐着不适，简单和两人重复了自己的想法，梁总在旁边听着，时不时对他们负责的那一部分提出些补充。

我不知为什么，突然有种不好的感觉，好像有什么重要的事被分散了。

“我去把郭茗和邱海洋叫来。”这种事当然需要设计组和工程部的项目负责人参与，我需要在现场组织一个小会，我需要更多的人一起讨论一下具体实施的问题。

可这更像是一个逃离的借口，从胃底涌上的酸涩让我几乎有些控制不住地慌张。

“在那之前先等一下。”杜晴雪出声叫住了我，我脚下不知踩到什么，踉跄了一步，那种不好的感觉变得更加强烈起来。

我看着她，她看了看邵宇哲，后者顿了顿，最终说：“修改的部分我们正常讨论，你的提议很好，就按照这个方向改动，问题应该不大。布展方面也进行得很顺利，在此之后就是发布会、晚宴及各项活动，基于一些方面的考虑，接下来的事就由我来负责了。”

我用了一会儿才意识到他说了什么，似乎杜晴雪在一旁补充着对我工作的肯定和别的什么套话。我退了一步，想等到疼痛过去，但轻微的移动却将疼痛无休止地延续了下去。

对面的人只是默然地看着我，等着我所有的反应。

“……我好像扭到脚了。”我冷静地说。

我心里甚至觉得有一丝庆幸，至少这让事情变得简单多了。

第十章

心灵鸡汤与感冒药

如果不会发生改变，

那时间的流逝又有什么意义？

好像睡了很久，隐约听见有吵闹声，我费劲地睁开眼。

……眼前白茫茫的一片。

要不是实在有点太闷，呼吸困难，我还真就开始思考起人生了。我保持着安静平缓的样子躺在那里，犹豫了五秒钟要不然就这样一直躺着吧……直到我终于听清楚耳边一个磕磕绊绊的声音仿佛是在背诵安全条例，隐约中间还夹着个粗糙的声音压着嗓子吼什么出了人命看你怎么办之类特别不中听的句子。

“背安全条例不如算一下真出了人命要赔多少，然后按伤害比例折算给我好了。”我伸手把脸上盖着的被单拉下来，望着惨白的天花板冷静理智地说。

然后我的视野范围内立刻出现了一圈人头，密集程度足以把我吓到差点直接把被单再盖回去。

“暖暖，你醒啦，感觉怎么样？”郭茗赶走了那圈人头，设计部和我们部门向来是加班之交，感情深沉，她在我身后垫了两个枕头，帮我换了个姿势靠坐在床上。

我呆滞地看着这半屋子的人。

"……你们在干吗？"我只是打点滴的时候顺便睡个觉而已，你们为什么要演出仿佛我昏迷了的剧情……

"我们刚收工，看时间还不算晚，就过来看看你，"工程部负责人邱海洋领衔主演，刚刚那个压着嗓子的粗糙声音就是他，"没想到你还在睡觉，反正放在那里也是放着，我就随便模拟一下安全事故可能会产生的严重后果。"

所以我刚刚确实被动地扮演了一个死人。

我叹了口气，虽然在电话里确实说了不用来了，不过同事之间的感情套路起来也是拦都拦不住……但是什么叫作放在那里也是放着啊！我只是不知道踩到什么东西扭到脚而已，安全事故那么严肃的事不要拿来开玩笑！

"你们这么多人挤在这里会给医生护士和其他病患添麻烦的。"我揉着痛到开裂的头说，余光一偏又是一惊，医生和护士就站在不远处，正兴致盎然地看着这边。

"……我是来查房的，"在我目光灼灼的直视下，闪避无效的医生被推了出来，轻轻咳了一声说，"看到这么多人在学习安全意识的重要性……就……就顺便模拟一下……呃……如果真出了人命家属闹事要怎么应对……"

我双眼放空。

"……你放心，我们这边儿就纯粹看个热闹。"旁边床的大哥脑袋上缠着绷带，胳膊上绑着夹板，也不管我到底想不想知道，就主动代表"其他病患"一方表了个态。

我把脸埋在手心里，逃避了一会儿现实。

“再加一笔演出费，和赔偿金一起打到我账上。”我把脸拿出来，冷静理智地对邱海洋说，反正都是不存在的东西，那我也顺便演练一下怎么讹钱好了。

“钱的事先放在一边。”邱海洋完全不分轻重缓急，他使了个眼色，旁边一个娃娃脸的小男生挤了过来。如果我没记错，这应该是今年毕业刚进来的新员工，叫作陆浩，喜欢打游戏，性格活跃，但做事习惯稍微差了点，已经不止一次被他的领导穿过半个施工地区连名带姓地咆哮了。我莫名其妙地看着他，又看看邱海洋，后者对我坚定地点了点头，“乱放东西的就是他，我已经帮你好好教育过了，来，和暖总道歉。”

虽然我觉得我扭到脚和别人一点关系都没有，但借机重申一下注意安全、培养良好习惯的重要性好像也没什么不对，但是道歉就没有必要了吧……

“暖总，”我还没说话，陆浩已经扭扭捏捏地开口，“如果，我是说‘如果’你真的……你的腿真那什么了，”他突然抬起头，目光坚定地看着我说，“我会对你负责的。”

……你们是机会难得集体戏精上身了吗？

我看向邱海洋，后者正在陆皓身后冲我挤眉弄眼，猥琐的样子和唐磊那个拉一地图仇恨的表情包简直不相上下……这家公司算是完蛋了，大小领导都有病，还有个伪总直接瘸了。

“轮不到你们负责啊。”郭茗白了他俩一眼。我充满希望地看向她，感到终于有个正常人了。郭茗果然不负众望，一翻脸表情极其花痴，“有邵总在呢。”

我要换工作。

说真的！我要换工作！

“等等，”我在职业重新规划的路途上回了一口气，“这关邵宇……这关邵总什么事？”

“少来，你们不是……”郭茗伸手比画了一个我根本无法理解的手势，抛出来一个，“对吧。”

“……我觉得我们可能已经失去了曾经的爱与默契了。”我冷漠地说，对什么对啊，什么就对吧了，我不懂手语，给我解释清楚。

“我听说是当年发生了点儿什么事，”邱海洋挠着后脑勺说，“就……两个人就给错过了，然后因为刚好赶上邵总要出国，也就没能挽回。这不是，邵总在外漂泊多年，觉得曾经的爱才是真正的爱，就决定回国，想要重新来过。”

“你听谁说的，连梗概都能编得这么胡扯，这到底是从哪里传出来的谣言？？？”

“我倒是听说当年感情特别好，就是因为邵总要出国读书，两人异地……不是，异国恋了才分了的，可是这么多年也都没能忘了彼此，你看我们暖暖，”郭茗引领着观众朋友们好好看了看我，“对吧，这次好不容易又重逢了，男未婚女未嫁，当然是要继续在一起的了。”

“现在造谣已经不讲逻辑了吗？？？”

“但是他们还是没在一起吧，别的人还是有机会的吧？”

“你就不要入戏了好吗……”我匪夷所思地看着陆浩，这位小同志真是多版本谣言中的一股清流。

我觉得好不容易减轻一点的病症又加重了。

“我真的没事，”我气若游丝地说，“你们就不用在这儿给我活跃气氛了好吗……”

我都快忘记自己怎么进来的了，原本想独自一人在医院的病床上蜷缩着矫情一下，结果因为药物作用不小心睡着了，现在好不容易醒了想续上，还要面对这群……独一无二的好同事。

真不愧是我司大浪淘沙剩下来的，其他好说，但想在这样的工作环境里真情实感地消沉一会儿是绝对没有可能的……把我意图自怜自艾的情绪还给我！

“换负责人的事你不要太放在心上。”郭茗简直是有求必应，“我们都知道是怎么回事，反正这个项目做完了就和那边没什么关系了，邵总是我们这边的邵总。”

不，你们不知道。

我不想说这个，只是抬眼看了看床头挂着的内容物所剩无多的点滴瓶，看来刚刚真的是睡着了，恍恍惚惚觉得过了很长的时间，其实也没多久。

点滴瓶和扭伤的脚踝之间其实没什么关系，后者只是当时第一个跳进我脑子里的念头，于是脱口而出，实际情况并不很严重，只是有些陈旧伤的关系，可能恢复起来会稍微慢一点，最后聊胜于无地给我敷了些消肿止痛的药。而我之所以被大张旗鼓地抬来医院，主要还是因为扭到脚之后被连带发现正在发烧这件事，而且温度似乎比我自己估计的要高上那么一点点。虽然放在平时我的第一选择肯定是回家吃饱了好好睡上一觉，全权交给免疫系统处理，但搭上上一章那个结尾，确实比较容易引起别人的过度反应。

“对了，”我突然想起来自己是怎么被抬进来的了，我环顾了一圈，问，“你们的邵总呢？”

“去给你买吃的了，”郭茗终于等到这个机会，挤眉弄眼地凑了过来，露出那个我司标配不分男女一脉相承的猥琐表情，“你看他说你发烧挂点滴又睡了一觉醒过来肯定会觉得不舒服让我们好好看着你他要亲自去给你买些吃的。哎哟喂真是一嘴粮。”

说着就捏着小粉拳对我当胸一捶，我清晰地感到我的肺泡直接炸了几丛。

为什么唯一一个不是这么回事你们别误会的事件偏偏要误会得这么深入？？？

……就不能是领导关怀下属，老同学关照老同学？再说你们就是这么给我好好盖上白被单看着我的吗？！

我都快想不起来我自己连绯闻都上不了身，以德服人的正直青年人设了。

只不过普通地打了一个瞌睡，再醒过来我的同事已经不是我认识的同事了，就连自己铁打的人设都变了，我这是穿越到哪个平行世界了吗……

我默默地倒下，仰视着天花板。

……谁帮我把白被单再盖回来。

我才刚刚倒下，就听到陆浩小同事喜气洋洋地和邵总打招呼的声音，还有后者和慰问小组简单的对话。

我决定自己动手。

“还想再睡会儿？”其他人的声音很快就消失，他犹豫了片刻，才低声问我。

想长眠。

“马上就要结束了，回家再睡吧。”他对我内心的悲哀完全体察不到，只是在我身边站定，低垂了眼睑看了我一会儿，说，“我记得你以前挂完点滴要吃些东西，不然会头晕恶心，就出去买了些容易消化的食物，还热着，想不想吃一点？”

“想……”

他微微弯了嘴角，开始收拾起来。

我默默地看了他一会儿，才想起来还没有给安打电话，之前答应了忙完工作这边的事就去给她料理店重新开业充当义工，现在看来是去不成了，还有和任奕鸣的约定，真是难以估量的损失。

我把电话挂上的时候，刚好邵宇哲递过来食物。我没有告诉安我在医院，只是说我感冒又扭到脚，目前不太适合出现在餐饮业的服务岗位，我的生死之交们，包括已经在现场的阿墨，都在电话里表达了深深的同情和关心，但也仅仅只是深深地念出“同情和关心”这五个字而已，剩下的就是对我又扭到脚的那个“又”字，给予了更加深刻的打击……

确实是非常生死之交的路数。

“我倒是想起来我第一次扭到脚的时候，”因为同事们的离开，周围突然变得太过安静，我看了一眼点滴瓶，液体正以一个不慌不忙的速度匀速下落，有一种奇特的安心感。我于是顺着安和阿墨的态度，想到了一个无害的话题，一边搅着勺子一边说，“那会儿我才刚上班，什么也不懂，主要是也没什么自信，才会想要急于摆脱身上的学生气，”现在想想，就是这种急于变得成熟的行为最为幼稚，“然后在第一次跟着陈总跑现场的时候，脑子一残，穿了高跟鞋……”

我长到那么大的时候从来没穿过高跟鞋，平地上走都还摇摇晃晃，偏偏那天还是个露天展会，刚刚布置过半，又下了场雨。陈总监从远远看见我的第一眼就开始兴高采烈，只等我脚下一滑摔出来一个深刻的教训——确实是非常深刻，就连医生都说，如此高难度的一跤，没有直接摔成骨折，完全是个奇迹。

虽然从此以后我在奋斗的道路上走得格外注意安全，也慢慢练就了穿着高跟鞋如履平地的技能——只是穿高跟鞋这件事还是能免则免，但之后这只脚就有点容易习惯性扭伤，总是免不了会有些不大不小防不胜防的时刻……比如今天这样。

所以我也早就已经习惯了。

“你第一次扭到脚的时候，”他只是沉默地听我说完，才开口，“是高一下学期的体育课，你和纪安抢篮板球，也是我送你去的医院。”

我心里对我身体好这件事做个补充，应该说生病极少，但受伤不在身体免疫可控的范畴……所以说起来，邵宇哲送我去医院的次数真是谜一样的多。

“那个也算？”我心不在焉地说，感到身体在药物和睡眠的作用下已经开始恢复了，仿佛刚刚经历了一场战争，此时非常需要食物和热量……粥皇的鸡汤捞饭，光闻味道我就已经精神了大半。

毕竟是家老店了……在这条街上开了三十几年了，也难怪他会买这个。

“那次是因为我失去平衡了，”我回忆着，“安比我跳得高，落地的时候直接踩到了我的脚踝上，但其实也只是普通的挫伤而已。”

毕竟那位安少侠高中时就已经轻功专八了，所以当时虽然连体育老师带校医一起轰轰烈烈地杀去了医院，最后也不过是被医生不怎么温柔地摆弄了一番，获得红花油一瓶……而已。

所以现在提起，还是会因为当时惊恐万分喷着眼泪放声号啕哭喊腿断了的画面被安冤冤相报地嘲笑。

……确实是相当健康的朋友关系。

“算。”他把我从黑暗回忆中拉了回来，低垂着目光看我，那样子竟然有种说不上来的孩子气，我反而感到无言以对，开始觉得这个故事或许不如我想象的那么合适用作逃避的话题。

“更换负责人的事我想和你解释一下。”他果然还是要谈这件事。

“别担心这个，”我阻止了他，“这很正常，我明白的。”

对于工作来说确实很正常，虽然更换项目负责人这种事听起来动静很大，但并不总是跟工作能力不足或者发生失误有关系，尤其是我们公司，为了达到人力资源效益最大化，只要不对项目和客户产生影响，这些变动都只是公司内部的运转，再正常不过。

“你是部门负责人，”我说，“分工和人员调配就是你的工作，不需要解释的，而且我差不多也要开始准备 Settle.D 的项目了，还有夏阳那边的几个投标，他一个人快要分身乏术了，刚好我可以给他做支援……”

“分工和人员调配是我的工作，”他用我的话阻止了我说下去，顿了顿，才说，“那工作以外的部分呢？”

我一时有些不太明白他问的是什么，只是感到疲倦袭来，忍不住揉了揉额角发痛的地方。

我想起那天在画廊，杜晴雪微微笑着的样子，柔声地对我说着关于城市里的离别与重逢，还有邵宇哲浅笑着说决定不放下的样子。我想我应该用开玩笑的语气说，工作以外的部分就当作你欠我的人情，可是我太累了，实在说不出这样的话……至少现在不行。

“说起来工作外的部分，安的店今天重新装修开业，我是有和她请过假，你呢，你回来的这段时间她那里一直在装修，你还没有见过吧，今天错过了倒是有些可惜了。”

“改天吧。”他只是看着我，大概是我的疲倦也传递给了他，他的表情读起来比平时要晦涩许多，却带着一丝我曾经见过的疏离感，随即他轻微地摇了摇头，那种感觉再一次消失了。他用一种随意的口吻说：“等你病好了带我去。”

“嗯。”我说。

他没有说话，我也不知道该说什么好，突然陷入的沉默空白让我感到有些不知所措，又没有另一个扭到脚的故事可以拿来填补。我只能抬头，看向刚刚就已经所剩无多的点滴瓶，仍然不急不慢地维持着液面的高度，我对这种不符合物理定律的画面产生了一种奇怪的即视感。

“你上次这样看时间，还是我到公司的那天。”他突然说，我才意识到那份即视感正是来自这里，“在 KTV 的吧台那里。”

“我没有在看时间。”我小声地提醒，感到有些惊讶。

“那天我问你，”他则无视了我的提醒，只是说，“等你的人还在吗，你没有回答我。”

——也不是所有的事不去管它，它自己都能扛下来的。

我看着他，想起来这条并没有被回复的短信，现在就躺在我的手机里，因为之后这位归国人士更换了更加入乡随俗的简讯方式，于是这个问题居然成为我和他在手机短信界面里的最后一条信息。

我于是又想起他最初问我的时候，心里扬起的那种如尘烟一般的小小不甘，我突然想我们为什么不能用另一种更加合理的方式再见呢，变成成熟的大人，爱着别的谁或者已经不再在乎爱情，用一种虚假的方式谈论过去，用到“遗憾”这样的字眼，像是一个精心准备过的笑话。

而不是像现在这样，止步不前。

如果不会发生改变，那时间的流逝又有什么意义？

“那只是安而已。”我收回视线，这次没有了玩笑的心思，于是实话实说，“你回来的那天，唐磊向她求婚了，她被吓到，所以跑来我家，”然而想起这段我还是忍不住笑了一下，“你的欢迎会之所以会延续到晚上十点，就是因为这是我和他约好的时间，他赞助我们活动的资金，我把家借给他，让他自己想办法把安哄回去……很抱歉你的欢迎会真相是这样。那天我和安聊得有些晚，没注意查看手机，所以同样抱歉忘记回你消息。”

他若有所思地点点头，目光趋于和缓，片刻后才抓住了我话里的重点，“你和纪安聊到很晚……所以她拒绝唐总了？”他看起来有些不解的样子，毕竟那天之后就是突如其来的聚会时间，还有那个值得被传唱的故事，确实挺让人费解的。

“也不算拒绝吧……”我琢磨着怎样跳过安的父母，跳过她对待感情和婚姻的部分，还要忍痛跳过唐磊在ICU里的临终画面，之后还能解释清楚这件事，而我能牺牲的也只有自己了，我只好说，“你知道我、安、阿墨和罗林，我们四个人之间的事，所以安和唐磊说，她答应他的求婚，但前提是我们四个人一起举办婚礼。”

我说了出来，感觉这件事比想象的还要肉麻一些，我看着陷入沉思的邵宇哲，至少希望他能够像一个正常人一样，赞赏这份令人动容的友情，而不是如被动参与的我一样，关注到那个多余的知识点。

“……原来是这样。”可惜这是不可能的，他用一种像是别有深意的方式开口，“这解释了很多事。”

“并不是什么重要的事。”我小小声地补充，猜他多半还是想到了唐磊的热衷和简直可以被称为过渡情节的相亲，但是不管他解释了什么，跟这个扯上关系的都不应该是什么重要的事。

“不过我想她也就是说说而已吧，”我有些无力地揉了揉眼睛，觉得真的有些困了，“按照安的性格，我猜她更像是在等一个合适的时机，一旦等到了立刻就能改变主意……再说，虽然只有我还是单身，但如果阿墨或者罗林其实并不想结婚，她也不会真的因为这种原因就干涉我们的生活。”

所以怎么想都不太可能是认真的，而且唐磊那么聪明的人也不可能想不到这点……果然还是在配合着安哄她吧……这对情侣简直不能更烦人了。

“也不错。”他点了点头说，有点意义不明，像是在认真思考，又像是没什么话说时随意抛出的一句话。

“好像差不多可以了。”我挣扎着，最后看了一眼点滴的残量，庆幸终于熬到了可以召唤护士的程度，心里暗暗松了一口气，按下手边的呼唤铃。

“你明天在家休息一天。”他看着护士利落地拔掉我手上的针头，带着使用过的一次性输液器离开，才说，“在 OA 上提一个在家办公的申请，时间两个星期。”

我还在乖乖听护士的话，用手指隔着胶布和棉球按在针孔的位置上，听到他的话，反应了一会儿，才茫然地看向他。

在家办公其实没什么特别的，虽然我们公司考勤严格，不过那都是规范管理的一个部分，在流程合规、情况合理、能把活儿按时按点按质按量干完的前提下，形式其实相当灵活，主要归功于我们最大的那位老板，是个毫无疑问的实用主义者。

但是有没有这个必要又是另一回事了。

“分工和人员调配是我的工作。”他没给我开口的机会，用几乎让我怀疑是在记仇的方式又重复了一遍这句话，语气像是一个态度严格的上司，“你三天后要来换一次药，夏阳那里忙不过来的项目，我会另外安排人去做，我不建议我的员工带病工作，所以明天你必须先休息一天，如果身体没什么问题了，我会有其他的事交给你。”

我犹豫了一下，能睡上一天确实是一个诱人的选项，无论是身体还是精神上的脱力感都在警告我最好不要在这件事上不理智地瞎矫情。

我最终点了点头。

“……好。”

第十一章

鸡肉咖喱和豚骨拉面

你就不要把自己的幸福依托在别人身上了，

尤其是我，借口也不行。

被邵宇哲叫醒的时候，他已经把车停在我家楼下的停车场里了。他开了副驾驶的车门，俯身轻柔地叫我的名字，我迷迷糊糊地睁开眼，在地下停车场不甚明亮的灯光里突然不知今夕何夕，唯一知道的，只有眼前叫着我名字的人。

我听见自己发出一阵连自己都不知所云的回应，他却笑了起来，探身靠近我。我有些着迷，不知是该走向他，还是该习惯性地逃跑，但在我想清楚方向之前，右脚就因为妄图自主地移动，引发一阵尖锐的疼痛，瞬间就让我脑子里清晰地浮现出了跑马灯的画面。但毕竟只是扭到脚，并没有生命危险，所以跑马灯也只是跑过了今天一天一轮就收工结束了。

我也总算清醒过来。

“安全带。”他说。

“哦……”

他伸出手扶住我，我任由他扶着，慢慢从车上下来，想起自己一开始的计划是想要装睡逃避路上的交谈，结果还没开始装就真的睡了过去。我思考了一会儿事情的前因后果，不动声色地摸了摸嘴角，嗯，干燥而柔软，没有任何口水造成的痕迹。

“走吧，我送你上去。”他温声说。

家里确实有人在等我。

——这是我脑子里出现的第一句话。

我看着沙发上的人。

沙发上的人看着电视机。

电视机连接着游戏机。

——要不是视野中间还有个开门的任奕鸣，我真的要考虑一下我是不是穿越了……

“你失约了。”开门的任奕鸣说。

“我扭伤了脚，走不动路了。”我手里举着那把没有派上用场的钥匙，对眼前这番景象还有点反应不过来。

“所以我来找你了。”他动了动嘴角，露出一个看起来像是在笑的浅淡表情，然后很快就收了起来，“你可以走了。”

后面这句话显然是对着邵宇哲说的，而后者也毫无意外地，回给他一个无动于衷的表情。

我回顾了一下画面进行到这一页的过程。

从地下停车场上来，我在电梯里习惯性地检查手机，看到我在车上睡着时收到的消息，是安发来的，告诉我他们已经到我家，自己开门进去了……但是有唐磊、阿墨，甚至肖远的存在，谁能想到这个“们”字，包含的是任奕鸣……

不过话又说回来，我在和安请假的时候她确实说了忙完会来我家，我当然不会跟她客气，不但不客气，还顺带让她带些消夜过来，至于带什么的部分，我好像回答的是都行……

然而并没有想到会行到这种程度……

——直接把厨师带过来的程度。

感受到了友情的坚不可摧。

我还有点不好判断这个场面是不是可以直接开始点菜了，我们友情坚不可摧的另一方——结结实实端坐在沙发上，始终面对着电视机的安终于无波无澜地开口了：“我有一个问题要问你。”

她脸上无波无澜的，目光却转过来，直直地盯着我，我被她看得有些紧张，踮着一只脚的重心微微不稳，我于是决定好好利用这个优势，准备在她说出来点什么我无法面对的吐槽时立刻假装倒下。

“你老实告诉我一件事，”安还是无波无澜的样子，她微微眯起眼睛看着站在门口的我们三人，用怀疑的语气说，“你说实话……是不是在我不知道的时候，肖远偷偷过来对游戏机动了什么手脚？”她的表情已经完全认定了这个怀疑，“除此之外我完全想不出来还有什么可能性我会一直打不过他。”

……我就知道。

“这台游戏机是肖远买的，可能有点亲子感情在里面。”我说。

安凝视着我，又看了看在场的另外两人，然后低头和游戏手柄互相体会了片刻，随即把手柄往边上的沙发一扔，说道：“说起来这款游戏机也有些年头了，是应该更新换代了。”

游戏机也不含糊，干脆地闪了闪，自杀了。

我们四个目睹着这一不科学的现象，沉默了一会儿。

“你怎么这么早就跑过来了，”我决定还是把有限的脑力放在更重要的地方，转而问安，“是不是店里出什么事了……不至于是重新开业的第一天就没有生意要提前打烊吧。”

“与其问店里出了什么事，不如问店里的厨师出了什么事，”安意有所指地长叹一声，从沙发上轻盈地跳下来，走到我面前。她和邵宇哲隔空打了个招呼，才对我说，“我们是正常时间打烊，能这么早走是因为阿墨和肖远自告奋勇在店里帮忙收拾，唐磊直接开车送我们过来的。对了，阿墨家老板明天出差回来，她一早要去机场接机，就不跟着我慰问你了。”

我觉得我越来越跟不上了。

“因为任奕鸣一直说想要见你，”安拍了拍被点了名的主厨，用一种好笑的表情看着我，又看了看邵宇哲，“他说和你之前有过约定，所以想要尽快见到你。”

也许是因为她的语气，也许是因为我明明又病又瘸却一直被堵在自己家门口到现在都没能坐下的遭遇，更或许是因为上一段提到的约定中的另一方实在不是以能说会道见长的，于是所有人的目光都落在我身上，让我产生了一种做了什么正在接受问询的错觉。

甚至就连任奕鸣也毫无理由地看着我。

“他找我帮个忙……追寻食之奥义什么的。”我干巴巴地挤了个句子出来。

“这听起来就解释了很多事，”安一副槽点太旧实在不值得吐的样子，“说实话，表达得如此动听，要不是他手里端着一锅豚骨汤，我大概是真的要感动了。”

“就是这样。”任奕鸣像是不觉得有什么不对一样，又回到了他那种独有的，沉稳而不为所动的表情，看着邵宇哲说，“约定就是约定。”

“你可以等她好了再继续这个约定，”邵宇哲回以同样的表情，“毕竟我住得要近一些。”

“二十多年了啊，”安假模假样地抹了一把泪，“我终于看到这种画面了，果然有需求就有市场，有竞争就有进度啊。”

这剧情从我进门开始就已经跟不上了，总感觉这里的每个人都在自己关注和懒得关注的部分开始自说自话起来，尤其是安，直接就进入了平行宇宙，但我想到了友情的坚不可摧，又决定还是不打断她了，然后就看见安双手合十，搓了搓，手心向上放在我的面前：“来吧，投入我的怀抱吧。”

在我反应过来之前，半个人就已经在安的怀里了，少侠一招……不，我不知道安少侠出的是什么招数。

“只有我的地位是不可撼动的。”安揽着我的腰，轻而易举地把我带到沙发上放好，不管是姿势还是力度都让我备感轻松。当然，凭良心说，安是熟练工，别说只是扭到脚，就算是摔断腿她的经验都比其他人要丰富许多。

“接下来照顾她就是我的事了，另外为了公平起见，我再正式通知一遍，暖暖的脚三天后要换药，这个名额你们可以争夺一下。”安带着一丝故意的微笑把两个还不知道发生了什么，呆立在门口的男人推了出去，“不过打架只能在户外。”

关门。

——而我甚至，突然觉得有些想笑。

“没能进门的那个就算了，至少让你家主厨把外套穿上再赶他出去吧。”我说。

满足了狗血情结和表演欲的安像只吃饱了的猫一样倒在沙发上，我也就坦然地把脚搭在了她的大腿上。安歪着头，仔细查看了我那只缠着绷带的脚踝，用伤残定损的语气感慨道：“真是只命运多舛的脚，不过看起来还不算太糟，至少没上次那么肿。”

“我都觉得医生给我敷药是在嘲笑我了，”我如释重负地仰面倒在沙发上，感觉最后残存的力气都在这一刻用尽了，我望向天花板，冷静地说，“换药大概是因为没嘲笑够。”

“你今天的思考回路深了起码三个色号你知道吗？”安懒洋洋地回复，她伸出手，带着一丝凉意按在我的额头上，让我昏沉的大脑发出舒适的叹息，“还有一点热，你先起来吃点东西，任奕鸣给你做了豚骨拉面，汤是从店里带来的，专门留给你的，面是他刚刚做好的，你趁热吃。我去给你放洗澡水，等你吃饱了再泡个热水澡，好好睡上一觉，明天应该就没事了。”

友情的坚不可摧啊……

她的声音和细碎的话语是再好不过的安抚剂，构成了一种熟悉的安全感，包裹着我。我从喉咙里哼出些声音表达我的感动和满足，但人已经一点都不想动了，我在大脑中想象着那碗独一无二的豚骨拉面——圆形粉嫩的厚肉片，从中间剖开仰面朝上的溏心蛋，香葱、海苔满满地铺在面上，还有最重要的，浓郁鲜白的汤汁，一看就和外面那些勾兑出来的妖艳色泽完全不一样……我想象着自己大口地吸着面，吃到连汤也不剩，然后把整个身体都浸泡在热水里——好吧我会把右脚拿出来的……我在脑子里预演着这一切，沙发就像是突然变成了松软致命的流沙，缓慢地卷着我的身体一点一点地下沉，我完全动弹不得，也完全不想动弹。

安也没催我，她只是用轻柔的声音，说着大概是什么无关紧要的事，把我已经下沉到脱离身体的意识拉得浮浮沉沉的。

“……所以咯，”她轻柔地说着什么总结的话，“唐磊看你冰箱里的食物有点不太新鲜了，就时光倒流帮它们恢复了青春，做出了一点微不足道的贡献，他让我代他跟你说一句……不用谢。”

我浮浮沉沉地用了很大的力气才终于辨认出她说了什么，又用了更大的力气才反应过来那是什么意思，我消化不良了一会儿，艰难地向她伸出手：“……扶朕起来。”

安早就准备好了，她配合地接过我的手，把我拉了起来，表演欲十足地摆出一个小安子的姿势。我有点无语，但还是一半踮着脚，一半撑着小安子，把自己一瘸一拐地蹭到了冰箱面前，安表情关切地看着我，默默地给予我支持与力量。

我深吸一口气，把冰箱门打开，果然冰箱过完初一开始过十五，热闹得可以再来一次聚会。唯独有一个被排挤的范围，故意堆砌出一段距离，在里面姿态凛然地堆放着新鲜鸡腿肉、土豆、洋葱、胡萝卜这种完全不需要冷藏保存的食材，还有整盒多口味的咖喱块和未开封的黄油叠加其上。

那个地方，我存放着的鸡肉咖喱却不翼而飞。

我突然明白了重返青春是什么意思。

把食物还原成食材吗？！

我沉默地把冰箱门关上，扶在那里稳定了一下情绪。

“唐磊这是病，真的，”我对安说，“早治疗早康复。”

“我倒是觉得还蛮可爱的，”安终于把从我进门开始就憋着的笑释放了出来，释放了好长时间，才擦着笑出来的眼泪说，“在一起这么久了，他这个人还是总让我觉得不可思议。”

“底线低到不可思议吗。”我不怎么认真地翻了个白眼，被安开怀的大笑笑得没脾气了，“所以他是把你们送过来，进门后直奔冰箱，拿了我的咖喱就跑吗，真刺激。”

我的大脑里开始生成对唐磊霸道总裁形象极具伤害性的画面。

“不是，他本来是想堂食的，然后把用过的盘子堆在水槽里，”安的说法更过分，“结果才刚打开冰箱就接到一个电话，着急着走，只好打包外带了。”

“……我病了，我想不起来还有什么更能伤害老板的存货了，”我疲累地蹭到餐桌前坐下，把额头抵在桌子上，突然想起来有什么不对的地方，“等等，既然他接到电话就走了，那他是什么时候买的这些食材？”

还时光倒流恢复青春……

“那个是我来之前就买好的，”安已经把那碗传说级的豚骨拉面端到了我的面前，放上汤勺和筷子，甚至习惯性地用店里的规格给我摆了个盘。她拉开我旁边的椅子坐下，托着下巴说，“怕你请假在家无聊，给你准备的玩具。”

真是不得不服，连这一层都想到了，这个经验也是丰富得过了头。我抬眼就看到安轻微地压了压嘴角，她终于还是没忍住说道：“而且唐磊喜欢咖喱……我就多买了一些……”

虽然对话中出现唐磊就等于出现嫌弃的情绪点，但我想到以前的事，还是忍不住笑出声来，我一边把面拌开一边说：“他喜欢咖喱是因为当初我给你当枪手的时候，只有咖喱是你自己做的。”

“我原以为像咖喱这种味道重又浓厚的东西，就算我把鸡肉煎成炭也该掩盖住了，”安弯起一边的嘴角，有点得意又有点不甘地说，“真是辜负了我对它的信任。”

“唐磊还活着，咖喱君就已经功高足以盖世了。”我不怎么认真地吐了个槽，“你再去拿个碗吧，帮我吃一点，输完点滴的时候吃了些鸡汤捞饭，现在也不怎么饿。”

“邵宇哲？”我和安之间没有客气这一说法，她乖乖再去拿了另一套餐具来，看着我分一半给她，才问，虽然是疑问的语气，不过答案显而易见。

“嗯。”我小口喝着汤心不在焉地应道。食物本身的味道调和在一起，又一层一层在味蕾上分开，真是美味到可怕的程度，我赞叹了一声才继续说：“虽然我在医院度过了晚饭的时间点，他这样做也没什么奇怪的，但他说了我输完点滴以后要吃东西，不然会头晕恶心，这都多少年以前的毛病了，我自己都快忘记了，也不知道他是怎么知道的……还记了这么久，果然是个了不起的人啊。”

“嗯……”安想了想，“是不是个了不起的人不好说，不过你输完点滴要吃东西这件事应该是我告诉他的。”

我看向她，眼睛就微微地眯了起来。

“就是你们两个神经病大晚上跑去淋雨那次，他屁事没有，你高烧三天。”安也眯着眼睛回看着我，露出八颗牙齿的微笑闪着冰冷的寒光，我立刻就㞞了，老实低头，安静吃面。

所以这样我就完全能够理解了，如果是安在那种情况下告诉他的，别说记得这种小事了，估计一辈子的心理阴影都跑不了了……

难怪他当时会那么自责，紧张得都让我怀疑自己是不是得了什么没敢告诉我的绝症，以安高中时期的战斗力，多半邵宇哲同学的幸存者负罪都足够引发创伤后应激障碍了。

“我不知道你有没有注意过这件事，”看我没有说话，安终于叹了口气，表情有些为难地说，“我和邵宇哲的关系其实并不像我和你或者你和他那样要好，而且从我们还在高中的时候就是这样了。虽然那段时间我们一直混在一起，在食堂占占座，互相抄抄作业，一起打打游戏什么的，不过那也只是因为你，我其实和他谈不上有什么特别的交情……所以我们唯一能说得上话的，大概也只有跟你有关的事了吧。”

我停下嘴里的动作，有些困惑不解地看向她。

“那段时间，包括他那边的朋友，其实我们都以为你们在交往了……”安有点心虚的样子，“虽然都没说出来，不过高中生嘛，万一惊动家长老师遭到迫害就不好了，那会儿偷偷谈个恋爱很正常。再说你们两个都不是那种喜欢玩浪漫的人，所以我们当时都觉得你们肯定是那种自然而然在一起，等到法定年龄就领证结婚，史上最无聊的情侣，感觉连起哄都没什么劲的样子。”

不，你们不知道。我头脑发空地想，他会用领带打成领结的形状。

我一直以为这是自己心底最深的秘密，不管用怎样的方式被提及都不可能对的秘密，我甚至设想过或许等到这种感情过去，变得不再重要，可能是在连自己都忘了这件事的很久以后，某一天某个情景下突然被唤起，变成一个轻描淡写的曾经，但我从来没想过会是现在，会是这样。

“所以最后你们没有在一起大家都觉得挺意外的。”安没有察觉我的惊讶，只是耸了耸肩，索性说了下去，“甚至现在也是，看起来好像还是原来那个样子……”

“他拒绝我了。”我轻声地开口，比自己曾料想过的要平静许多。

“……所以这可能就是你们正常相处的方……哦。”她停了下来，安静地看着我。

“可是他还是拒绝我了。”我说，“我们没有在一起，是因为他拒绝我了。”

“……你二十岁生日那天？”

我点了点头。

“果然是这样，”她一脸泄气的样子，“虽然也不是没有想过这个可能。”

“你想过。”我干巴巴地重复了一遍，不知道该对此有什么反应。

“是啊，你以前总是提起他，”她叹了口气，说，“即使是高中毕业，不在同一个地方念大学，你们也没有断了联系，但是那天之后你就再也没提起过这个人了……即使是我，也很难不往那个方向想，虽然其他方向也想了很多就是了。”

我感到有些内疚，我只是想着那些只属于我自己的事，那些无论用怎样的方式提及都不对的事，却忽略有时候这些事并不如我想象的那样易于隐藏，何况是真正关心我的人……我想着安明明不擅长处理这个，却还是做了各种考虑，一个人烦恼思量的样子。

“你知道，我不告诉你不是因为不信任你。”我内疚地说。

“我知道。”她用不在意的语气说，但又偷偷松了口气，“你不用为此感到内疚，我们都有自己处理情绪的方式，倾诉和分享是其中一个选择，但也不是唯一的选择，只是……”她说着，有些为难地顿了顿，才最终决定说出来，“只是你总是习惯一个人闷在心里想很多事然后做出决定，有时候会让我担心可能在自己不知道的什么时候就失去你了。”

“你才不会失去我……”我有点愣怔，又有点窝心。

“没错，我们这辈子注定是要在一起的。”安耸了耸肩，通知我，“所以总的来说我三更半夜敲你的门你都没有直接烧死我，你想对我做什么都行。”

“那就把碗洗了。”我自然从命，冲桌子上的空碗偏了偏头。

她的嘴角立刻就抿了起来，我忍住笑，觉得身体虽然酸痛不止，但精神却好了许多。

“那你现在怎么办？”她在我忍笑的间隙迅速滑进另一个话题，“虽然这个问题问得有点晚了，但是他现在回来了，你是怎么想的。”

“我不知道，”我说，“我不知道我们以后还会不会继续像现在这样维持朋友或者同事的关系，但我希望至少在那之前，他带着女朋友来参加我们聚会的时候，我能够自然地表达出欢迎。”

“所以他有女朋友了。”安皱着脸说。

“很快就会有了吧，”我叹息，大概今天的感情起伏已经满额了，竟然在说这件事的时候有了种怎样都好的感觉，“你还记得我跟你讲过我最近在忙的工作吗？”

“就是你很喜欢的那个牌子？”安点了点头，她的风格与我完全不同，对这个牌子倒不是很上心，“你好像是在做品牌的二十周年展。”

“还有新品发布会，”我还记得我告诉安这件事的那天，她虽然完全没有概念，但纯粹因为我在高兴而跟着我一起高兴，我笑了笑，“对方宣传部的经理，杜晴雪，她的英文名叫作 Alicia。”

安等了一会儿，似乎在等待故事继续往下发展到两件事的关联之处，然后她终于想到了。

“就是那个画廊里认识的 Alicia？”

我点了点头。

“所以这是巧合吗？”她试探地说。

“我也不知道，但他确实说了，他是因为决定不放下那些放不下的事才回来的，”我犹豫了片刻，才说，“而且他们重逢的地方是画廊，我就在那里，我不知道还有什么比这个更像是命中注定的爱情故事了……我现在觉得或许不用再跟这个项目是一件值得庆幸的事了。”

“他们把你踢出了项目？”安震惊地说。

“……用我的说法听起来比较容易接受一点。”

安用一种看不出在想什么的表情凝固了一会儿。

“这一切都是唐磊的错，”她用那种凝固的表情陈述，“要不是他死乞白赖地非要把邵宇哲勾回来，无论发生什么类型的故事都与你无关了……我要打死唐磊，说真的，你先找到新的工作，然后我打死他。”

“说真的，”我重复着她说这三个字的语气，几乎忍不住笑，“你就答应唐磊吧，就算不答应他，也别拿我当借口了。”

“我刚刚说的是打死他，”安重申了一遍，“不是嫁给他。”

“我看不出来有什么差别。”我用手支着下巴，倾身靠近她，“所以事到如今你就不要把自己的幸福依托在别人身上了，尤其是我，借口也不行。”

安欲言又止了一番，才老实交代：“我才不会因为这种原因就干涉你们的生活，”她有点泄气，“就算你选择单身，或者阿墨、罗林其实并不想结婚，我就只是……就像你说的，我和他现在结不结婚其实也没什么差别，既然没差，我就想等待某个时机，让我觉得这件事有了某种更值得的意义的时机。”

“我果然是了解你的。”就知道她会这样说，我对自己满意地点了点头。

“我们才应该结婚，”安突然忿忿不平地说，“反正我们这辈子都是要在一起的了。”

“或许这就是那个更值得的意义。”就在可以祭出固定句式结束这场对话的时候，我改变了主意，“你先答应嫁给唐磊，然后我在婚礼上抢婚，上演落跑新娘，这样唐磊离进入 ICU 也就不远了。怎么样，是不是把所有的元素都串联起来了？”

“听起来简直意义非凡。”

第十二章

吐司面包和三种口味的果酱

你们两个在自以为看得清，
实际上特别执迷不悟的程度上简直不相上下。

虽然顶头上司说了必须先休息一天，虽然感冒的症状也终于出现了涕泪横流的场面，不过我还是在第二天的时候就打了电话给夏阳，让他把手头上的招投标项目分我一部分。

“你能等到明天吗？”这位深得人民群众信任的好同事用一种故意得很明显的方式压低了声音，悄悄地说，“现在接你的电话是违法行为，尤其是我，还在重点监视人员的名单上。”

“什么名单？”如果这是什么笑话，我完全缺失了背景资料的部分，“你把公司商业机密卖掉的事被发现了？”

“没错，我还把你也供出来了。”他自己倒是乐不可支，“我听说你感冒了，好点儿了没？”

“好多了，”我说，边揉了揉鼻子，忍住一个打喷嚏的冲动，“我这周申请了在家办公，所以来吧，尽管把工作中无力承担的部分交给我吧。”

“这话听起来就病得不轻啊，”夏阳轻快地说，伴随着敲击键盘的声音从话筒里传过来，“难怪邵总一早就特意跟我打招呼，说如果你来电话讲这件事，让我明天以前别理你。”

“于是你就这样背叛了我们的同事情谊。”我在自己的语气里注满鄙视，想了想，还是忍不住有点心虚地问，“……你们邵总在吗？”

“不在吧，”他的声音远离又拉近，大概是探身确认，“早上有位杜经理来找他谈事，好像就是你做的那个周年纪念展的项目，在邵总办公室里谈了一早上，不知道什么时候走的，这个时间，估计吃饭去了。”

……这待遇差得也太大了，明明就在前一天，就在我还负责项目的时候，每次谈事都是我方人员自己送上门去的。

“不过你放心，”我的一时无语让夏阳声音里的八卦气息都快抑制不住了，“他们谈事的时候，郭茗也在场的。”

我就知道。

“你们造谣的时候有点逻辑我就放心了，”我在夏阳高呼冤枉中冷淡地放话，“标书，邮箱，现在。”

“暖暖。”就在我准备挂上电话的时候夏阳叫住了我。

“嗯？”我疑惑地哼了一声。

“冷静理智。”他语气正经，带着点不言说的意味，我虽然不明白他为何突然这样，但这句话本身却让我有了一种久违的安心感。然而还没等我开口，他就接着说道：“邮件已经给你写好了，我保证明天早上九点会按时发送的。记住，多喝点热水，不要放弃治疗。”

我们的对话和同事情谊就这样结束了。

同事虽然靠不上，还好还有很多边角的工作可以做。今天剩下的时间里我都用来整理公司内网档案库里的杂乱资料，把旧文件编号存档，把多余重复的无效文件删除，把过期的证书用年检后的新版替换，更新业绩表格，模块化各类合同……这件事我们部门计划了很久却一直没时间做，就像是整理房间一样，太过琐碎，又太过需要大块的时间和集中的注意力来完成，现在倒是格外适合和我一起彼此救赎。这工作虽然枯燥乏味，但是能给我的大脑带来一种秩序上的成就感，好像所有的东西被整理得井井有条，一切问题就能够顺理成章地找到解决的方法。

任奕鸣果然如他自己所说，约定就是约定，就算他没有车，就算他住的地方和料理店距离我又都实在称不上近，就算我这种滞留状态最多也就维持两个星期，他也依然毫不妥协，坚持履行。最终协商的结果是由安老板亲自冒充外卖，将这份专属定制的美味变成了我俩每天分食的消夜，吃完以后还要上交一份题材不限字数不少于八百字的感想，反馈给厨师本人。

这段时间居然过得有点儿像我刚开始上班的那段日子，那个时候我和安也是这样，趴在餐桌上敲着各自面前的电脑，累得不想说话，只顾得上自己手指之间的那点儿距离。纸张和资料摊在一边，维持生命的食物则堆在另一边，然而只要有哪怕一丁点儿余力，安都会帮我一起吐槽这种上班时间在外面奔跑十里、下班时间不得不把所有文字表格案头工作拿回家来做个没完的黑心公司，老板是个什么鬼。

……现在想想真是格外地怀念最后那个部分。

至于邵宇哲，我是在扭到脚三天之后在自家门口再次见到他的。

三天之后是我预约好的换药时间。因为扭得确实不算严重，三天时间我的脚踝几乎已经完全消肿，只是扭到的部分浮现出了一些夸张的青紫——颜色夸张，痛感倒是已经缩减在了某个固定的范围之内，不去碰它的时候就只是一种沉闷的存在。我相信只要稍加注意，去趟医院的任务应该可以无伤通关。

其实如果不是因为安始终对我没恢复好导致习惯性扭伤的事耿耿于怀，我甚至都觉得没必要再去医院了。

所以当我一大清早打开家门，原以为是匆忙出门的安忘记什么中途折返，结果却看到邵宇哲的时候，我确实因为满脑子的疑问而出现了片刻的死机。

“今天是去医院的日子，我来接你。”他却像是我们早已约好一样，在我呆立当场时语气平淡地说。

“你看起来精神不太好。”我说，哀叹自己没用的大脑每次都在处理不过来的时候就把想到的第一件事给我弹出来。

“这两天有些忙，”他轻微地勾了嘴角，露出一个浅浅的笑，“早上好。”

“因为杜经理吗？”我看着他眼下的阴影和眼里的血丝，意识到自己的语气正在不合适地发酸，于是硬生生地解释，“我是听郭茗说的，昨天有点儿别的事找她，顺便就聊了聊，设计调整再加上之前落下的进度，这两天杜经理……嗯，盯你盯得比较紧……早上好。”

我尽量总结得中立，毕竟郭茗讲述的原始版本完全是一个破镜重圆再续前缘曾经爱过重新来过、蓦然回首灯火阑珊处的爱才是真正的爱……的八卦故事，风格一致，版本没变，可能是同一个造谣手出品。

……再加上交接工作时不忘见缝插针，强行给我分享邵总行踪的好同事夏阳……所以也可能不是谣言。

至于几天前那个“邵总是我们这边的邵总”的设定，大概已经是 Another Universe 的事了。

现在再吐槽我司独特的舒压方式还来得及吗？

“去见了几个朋友。”他轻描淡写地说，笑意却更加深了，“纪安已经走了？”

“嗯，她今天有个采访，”我总觉得他的问话哪里有点怪怪的，还来不及细想，突然意识到我们还站在门口，我完全忘记要请他进来，我一边侧身一边说，“昨天有家杂志联系她，想要为他们新增的城市推荐栏目做一期图文访谈，约了她今天在店里面谈，如果顺利的话，又要拍照，又要录花絮视频放在社交网站上，所以她一早就去店里准备去了。”

这家杂志我和安都知道，属于轻时尚类，内容质量很高，发行量大，在年轻女性的群体里非常受欢迎。基于料理店的客户占比，确实是相当难得的宣传机会，而且对方还特别点名了主厨也要出场，点得意味深长，看来食物美味主厨更美味这样的江湖传说就算是定性了，所以安一早就奔到店里的准备还包括了把任奕鸣按在镜头前这个部分。

只是没想到对方昨天才联系上就想约今天见面，还好我和安之间的感情已经越过了需要我空中转体三周半单脚落地证明自己真的没问题的阶段，我拉开门，她就乖乖带着彼此的信任飞奔而去了。

“所以我想是我赢了。”他满意地点了点头，用一种可能是在开玩笑的，再认真不过的表情说。

我反应了一会儿才反应过来他所谓的“赢了”是什么意思——所以这确实是个玩笑。

“你就别跟着安瞎胡闹助长她的狗血剧情结了，还真的要带我去医院……”我略感无力地说，虽然安说了诸如争夺名额这样的话，不过我们都习惯了她喜欢过嘴瘾的嗜好，认真成分基本为零，“幸好安不在，否则她下半段的剧情就是……来，让我给你转述一下：当战斗的获胜者带着胜利的荣光出现在我家门口的时候，她本人将亲自用我们一辈子的爱情毫不留情地将其践踏，然后带着我跨过他的尸体扬长而去。你想配合着表演尸体吗？”

“不想，所以我连她的部分也考虑在内了。”他表情没变，自然而然地说，好像完全不觉得有什么不对的样子。

我只能哑然地看着他，完全不知道该怎么接下去。

“你……”有那么一瞬我想问他难道采访的事和他有什么关系吗，但又觉得这个问题实在荒谬得开不了口，“你要吃早点吗？我刚煮了咖啡。”我说。

“好。”他露出一个微笑，跟着我在餐桌旁坐下。

我终于在这个场景里找到了一丝安全感，心理补偿一般地说：“还有吐司面包，是我自己烤的，还有三种口味的果酱，咖啡喜欢什么口味的，要加糖吗？牛奶？”

“我要上次那个杯子。”他说。

我停下，疑惑不解地看着手里拿着的那只咖啡杯，又看了看他，难道是因为今天起太早还没有醒透吗？为什么脑子又开始跟不上了？

“上次的那只玻璃杯，”他看着我说，“聚会那天你让我挑的那只，我看到所有人都有专属的杯子，我想要那个。”

我背对着他，手指不小心在摩卡壶上停了一下，带来一阵灼烧的刺疼，我忍耐着，把咖啡倒进原本的杯子里，用不在意的语气说：“下次吧，那个是客用杯子，和别的是一套的，我改天给你买个新的……或者你可以带自己喜欢的过来。”

我把咖啡放在他面前，没有看他的表情，他也没有反对，我们面对面坐着，再没说话，只是沉默地吃着各自盘子里的东西。空气里飘着咖啡的香气，带着一丝专属于清晨的凉意，身体里残存的困意慢慢苏醒过来，我突然意识到比起夜晚，早上似乎有一种更加浅表的脆弱和更加敏感的亲密。

我放下早餐。

“那个，嗯，我饱了，你慢慢吃，我去准备一下出门。”我慌忙起身，忘记调整受力点，被脚踝的抗议痛得吸了一口冷气，却仍然用不应该有的速度逃进卧室里。

“……不用着急。”他的声音在我身后响起，带着难以判断的情绪，“是我来早了。”

我没有花费太多时间调整心情，只是在镜子里看到自己悲惨的表情时微微有些停滞。然而就在我换好衣服，画了一个日常的淡妆，鼓起勇气出来的时候，却发现邵宇哲已经靠在我的沙发上睡着了。

早餐的杯盘已经不在餐桌上了，大概已经被清洗净收好。我立在原地看了他好一会儿，他大概是真的很累，即使睡着了也还微微皱着眉，像是完全无法放松的样子。我不自觉地放缓了呼吸，生怕这一丁点儿的声音惊扰到他……

我突然感到一阵恐慌。

等等……貌似我们上一位部门总监，他的前任，广受人民爱戴的陈总监，因公累倒差点猝死在工作岗位上的时候，也是这样的一个姿势啊！

我惊恐万分地蹭了过去。

……他确实只是睡着了。

我有点不知所措地站在他面前，抬了一半也不知道具体是要干什么的手还悬在半空，我犹豫了一会儿，心里一个不负责任的声音小声地说着，反正伸都伸出来了……

我于是换了食指的指尖，小心地抚过他皱起的眉心……

然后就被突然响起的手机铃声差点吓到猝死在犯罪现场。

电话当然不是我的，邵宇哲的眼睑微微动了一下，我顺着声音，从他外套口袋里捏出他的手机。

唐磊？

唐磊是可以变成未接电话的。

我按下静音，唐磊无声无息地挣扎了一会儿，变成了一个未接电话。

邵宇哲动了动，眼看有了醒的趋势。我深吸了一口气，弯下腰，悄声地在他耳边低语：“你刚刚听到的一切都是个幻觉……”

我还没说完，这回电话在我手上震动起来，我差点反射性地扔出去，最终只是坚强地压住胸口闭了闭眼，感觉心脏受到了不可逆转的创伤。

我看着屏幕上“唐磊”两个大字，想了想，稍稍远离两步接起电话，小声地说：“您好，您拨打的电话已关机。”我捏着嗓子，为了加深可信度，又用英文说了一遍。

“暖暖，别闹，让邵宇哲接电话。”唐磊的声音镇定地传来，听起来倒不像是很紧急的样子，我暗自松了口气，看了看似乎又回到稳定睡眠中的邵宇哲。

“他现在不方便接电话，”我说，“有什么可以为您效劳的？”

唐磊在电话那边发出一个假正经真猥琐的笑声，说道：“想不到还能从你这里听到这种对白，真是没有需求就没有市场……”

“你和安商量好的是不是。”我决定挂电话。

“这次可是我们总公司的项目，借他用用，”唐磊仿佛永远知道什么时候该放，什么时候该收，他在我真的要按下挂机键时说，“总公司看上个大项目，想掺一脚，邵宇哲说他有认识的人可以帮我们和法国人牵上线，说实话我原先确实代表行业认证过他长得帅、能力强、人脉又广，但是完全没想到能广成这种深不见底的程度。”

我想起 Alpha Studio，想起 Settle.D 的谢临，想起 Anthony

Matteo 先生和他远在意大利的老板……我在思路跑散之间适时地收回，深吸一口气，才带着不满对唐磊说："怎么连总公司也有他的事，他累成这样，到底有多少工作在手上。"

"累吗？"唐磊倒是用一种轻松到世界和平的语气笑着反问，"我怎么觉得还有些不饱和，毕竟，当员工妄想用工作来逃避人生的时候，源源不断地给他们安排工作，让他们认识到用逃避解决问题会有什么后果，难道不是一个优秀的老板应尽的责任吗？"

是个鬼……我静音了几个不健康的字眼，想想又觉得不对，奇怪地问："他有什么需要逃避的？"

"我说的是你，"唐磊带着根本没有温度的笑意说，"他的问题我跟他另算。"

"唐总……"我突然感觉有点紧张。

"我觉得你们两个在自以为看得清，实际上特别执迷不悟的程度上简直不相上下，"唐总打断了我，终于不笑了，"这句话算是我作为朋友送给你的，别让安再为你担心了，虽然她无论如何都会为你担心的。"他无奈地放松了语气，"这次就算了，你帮我转告邵宇哲，让他下午两点的时候给我回个电话。"

我诚惶诚恐地挂断电话，沮丧地看了一会儿面前的墙，默默地把头抵上去。

果然是自以为想得清楚，结果自始至终都还是这个没用的样子啊……

真是没用啊……我。

结果过了不到一个小时，邵宇哲就醒了，他在迷蒙中呢喃了一句："不好意思我太累了，一放松就容易睡着……"

而我几乎还维持着原来的姿势，面壁。

他睁眼，看看我，半晌才迷惑道："你这是……"

我赶紧换掉面壁的姿势，回头朝他露出一个尴尬而不失礼貌的笑，"没事……理论上是面壁思过……"至于思什么过……这个话题显然无法进行，于是我决定换个思路，"对了，唐总让你两点的时候回个电话给他。"

邵宇哲起身，理好自己身上衣服的褶皱，并没有在我精神病人一样的行为上过多纠结，而是爽快地点了点头，"知道了。"

我松了口气。

但紧接着他又抛出一句："在那之前，先带你去换药。"

"不，不用了，我刚才想了想觉得我的脚恢复得差不多了，"我紧张得往后缩了一小步。但他显然对我的话并不相信，于是我又补充道，"我甚至可以给你表演空中转体三周半单脚落地。"

邵宇哲双眼含笑，双手抱肩，用一副拭目以待的神情就那么看着我，那个表情用字面来翻译应该就是"请开始你的表演"。

我没学过体操，更没学过杂技，只能举双手投降，"我承认我不会……"

"那就走吧。"理直气壮。

"……"什么叫搬起石头砸自己的脚，这就是鲜活的教材啊观众朋友们！

到了医院，邵宇哲几乎只用了三分钟就打发了唐磊的电话，剩下的时间，他就搬个板凳，坐我旁边，看医生给我换药。

其实真的没有大碍了，理论上只要不作死，就不会疼。医生也就只是象征性地走个流程，邵宇哲也许是出于他一贯认真细致的做事品质，在医生走流程的过程中问清楚了我伤势复原的情况，以及有什么需要注意的事项。

但是医生对他回以佛系三连，“没事，放心，不必。”

而我看着他们说话，陷入沉思。

心心念念多年的人此刻就在自己眼前，关切满分，似乎比你自己本身还要更加在意你的伤势，这样的情景，说没有触动，那肯定是要遭雷劈的。

但是，我只要想到，展厅里，杜晴雪和他并肩而立的画面，所有的触动就全都碎成了渣渣，消散了。

短暂的沉思迅速结束，我趁邵宇哲还在和医生聊，火速穿上了鞋。

我觉得我不该来换药。

不，这不能怪我，应该说，邵宇哲就不该出现在我家门口，哪怕只是以朋友的身份，我脑海里的小恶魔都会无可抑制地滋生出歹念。

好不容易按捺下去的小火苗，经此一役，又开始蠢蠢欲动。

我摁住胸口，告诫里面那头乱撞的鹿，不能因为短暂的美色而迷失，你会死的！

邵宇哲显然感受不到我那么复杂的心理活动，只是把我当成一个伤员，伸手扶我，“走吧，找个地方吃午饭怎么样？”

“不要……”我脱口而出，忽视了他递过来的手，但又很快改口道，“我是说，我约了安，中午要去她店里吃。”并没有，但朋友的价值时常体现于此。

邵宇哲的手落空，有片刻的怔忪，但没有坚持，“好，那我送你过去。”

我摇头，“先送我回家吧，还没到饭点，他们肯定会让我做苦力，我不想带伤做义工。”这句是实话。

邵宇哲还是点头，“好。”回答简单短促，脸上所有表情都归于平静，莫名让人觉得他心情不太好。

我心虚地收回了自己的目光，逼迫自己把关于他的画面赶出脑海。

清醒一点。

邵宇哲今天的出现又一次打乱了我内心的平静，原本回到家还想好好休息，但是某人的影子一直盘旋在我的脑海里赶都赶不走。再三思量，还是觉得只有寄情工作这一条活路可以走。

接下来的几天虽然说是在家办公，但是该做的事情还是一件不落地在做。其中最重要的一项就是 Settle.D 的项目，除了我们公司，跟谢临接洽有合作意向的人还有很多，据说出来的方案大多都被否决掉了。这也就昭示了这个项目的难度绝对是通关 Boss 的级别，我自己拟出了几稿方案都不是太满意，周日就是约好和谢临面谈的日子，所以只能一边喝咖啡提神一边挠头冥思。

除了这个，其实还有一个不大不小的插曲——总公司来人了。原因之一是唐磊曾经在电话里提到过的那个大项目，他们还有具体事宜要亲自和邵宇哲对接。而原因之二，和我有关。因为曾经唐磊向总公司推荐过我，但是当时因为各种原因我并没有真的调职过去。现在又有一个机会，让我碰头谈谈这件事。

其实对于去不去总公司，我心里并没有特别明确的想法，当初那次没有去成有很大一部分原因来自我对自己没有信心，作为一个行业新人，无法担当重任。

而这一次接受面谈，也并不是因为对自己信心增长……我深思了一下自己鬼使神差地同意的过程，脑海里浮现出的却是邵宇哲的样子。

我深知如果我和他继续做同事，抬头不见低头见的，让我放下执念几乎是不可能的。虽然我一度觉得自己对他和杜晴雪的事可以真心祝福满不在乎，但是潜意识和身体却用各种方式提醒着我对这件事的在意程度远超出我的预估。表现方式之一就是无休止地陀螺般地加班工作，哪怕在家里我都能靠咖啡扛到凌晨三四点才睡。

这样下去这件事就不是一个感情问题，而是关乎生死的考验了。

再一次遇见邵宇哲的时候是下周三的上午，我正在公司楼下等电梯，看到他，微笑地冲他打了个招呼，看到他的状态比那天见到的时候好太多。

“早。”他显然很惊讶，但还是和我问了早，才惊讶地说，“你怎么在这里？”

“安送我过来的，”我说，“反正她还住在我那里，早上去店里也顺路，从今天开始就由她开车接送我上下班。”

他看起来更加惊讶了：“纪安会开车？”

“是啊，我们毕业前一起学的，趁着在校，学车还能打折。”我透露着这个毫无用处的信息，想起旧事倒是有些怀念，“只是她确实不喜欢开车，虽然她自己说多一门技能总是没错，不过我觉得她学车一半以上的原因还是为了陪我。现在也是，除非必要她还是宁可使用公共交通工具，可能这个世界上除了我和濒死的唐磊以外，没人能让她心甘情愿坐到驾驶座上了。”

“我不知道是不是要礼貌性地同情一下唐总，”他丝毫看不出来同情的成分，然后在电梯来时帮我挡住门，我道了谢慢慢走进去，和他并排站定，他才继续说，“好了，现在我知道你是怎么过来的了，你该回答你为什么会出现在这里这个问题了。”

“当然是来上班了，”我摆出一个无辜的表情，“据我最后一次确认，我还是这里的员工。”

“而据我最后一次确认，”他有些疑惑，却仍然说，“你在家办公的申请时间还未结束。”

“在家办公也属于正常上班，从流程上讲只是考勤的方式不一样，出入公司并不需要领导额外审批不是吗？”我理所当然地说。完全不明白这家公司到底是怎么回事，不想上班的时候逼着白天跑十里晚上还要在家加班，一旦想要卖命，从领导到同事都在拒绝给你工作。

“看来是我的疏漏，对公司的制度了解得还不够全面。”他抱着手，配合地说。

“看，这就是为什么你需要我在这里的原因了。”我也挑了挑眉，用和他同样的语气说道，“深谙各种规章制度，连续三年的模范员工就是我了。”

他没有再开口，只是带着无奈笑了一声，偏过头垂下眼睑看着我。

我也没有回避，就这样半仰着头回看着他。有那么一会儿我突然意识到我好像从来也没有这样仔细地看过他看着我时的样子，那种无奈又纵容的样子。他的眼睛是如此清浅的褐色，就像干净的河水，一眼望去，清澈见底。

电梯突然“叮”地响了一下，到了。

他仍保持了原来的姿势没有动，眼里却多了一些深邃的东西，就在我开始屏住呼吸心跳如雷的时候，他伸出手，却只是拉住了我。

“走吧。”他说。

我偷偷地把屏住的那口气呼出来，竟然有种松了一口气的感觉，却又有了更多的失落，就在刚刚的那一刻，我心里产生了一种非常强烈的冲动。

非常强烈。

“你到底有没有在听我说话。”我还在思考，唐磊的声音突然就插了进来，画面转折太快，这突如其来的落差让我有些反应不过来。

我表面神色不改，脑内灯火通明，迅速把目前的处境整理清楚——只是我坐在唐老板对面，正在开一段小会而已。

“有啊。”我面不改色地回复，“我们不是在说‘Settle.D’的设计展吗。”我面不改色地回复，这次谈话地点不是在唐老板的办公室，而是在我们部门的小会议室里，主要是因为唐总体察民情，考虑到我行动不便，于是屈尊下凡，来到了我们部门的山头。

唐磊叹气。

“如果你没分神，我们这个时候是该说到这儿了。”他给了我个警告的眼神，想了想还是忍不住问，“所以你和谢临谈得怎么样？”

“他对我……”嗯，他对我几乎控制不住的热情和身残志坚的精神，“留下了深刻的印象。”

“你是不是省略了什么。”他怀疑地看着我。

我没理他。

“我和谢临谈了我的想法，他基本认同了巡回展览的方案，不过具体情况要等他看完我的策划书才能给我答复。”我考虑了一下当时的情况，接着说道，“他性格沉稳说话向来保守，能说出来基本认同这样的话已经算得上是相当感兴趣了……如果这事儿能定下来，唐总，人手不足。”

“你们部门人手不足和你们部门领导说去，”唐总立刻撇清关系，“不许越级汇报。”

我面无表情地看着他，伸出右手食指隔空圈了一下这间小小的会议室，希望唐总能重新想起来我们这半个早上温暖人心的越级汇报。

说起来哪次不是我受唐总亲自召唤直接就鞍前马后了，召不动的时候唐总还亲自下凡来递活儿，越级这种事，以德服人。

唐总大局在握，摆了摆手立刻张口就来，“你是奉上亲密好友一只行过大贿的人，我得区别对待，否则就显得我太不公平了。”

我匪夷所思地看着本司这位胡说八道说来就来实在太不要脸了的领导……居然敢如此定义我的亲密好友……还挺不怕死的……

不过话又说回来，明明是工作量增加，被当作人情卖来卖去，刚出新手村就开始打恶龙……完全是，话说得也没错确实是在反方向上被严重地区别对待了。

“说起来你的亲密好友打算什么时候回家？”唐磊也意识到自己处境的危险，试探地问。

“唐总，”我也不含糊，“伤筋动骨一百天。”

剩下的九十来天我会努力装过去的。

唐总坚强地扛住一阵眩晕，说道：“说实话，我都不知道是该夸你做事果断，还是该夸你把逃避精神发挥到了登峰造极的程度，登峰造极到直接逃进总公司去了，是不是有点太不给我面子了？”

"唐总，"我阻止他，和他商量，"这次我只是见了总公司的人而已，上头还没确定要不要我，你这么快就把潜台词放到台面上说，万一我又被踢回来了，场面可能一度会非常尴尬。而且我记得陈总离职之前你就找我谈过这件事，我只是……一直都不是那种懂得把握时机的人……"

所以一直没能走成，滞留到现在，那时的我总觉得以自己的能力和经验实在无法胜任总公司提供的工作，应付自己那点事就已经吃力到怀疑职业选择了，总公司的传说简直遥不可及，于是一念之差还是退缩了。倒是现在，因为邵宇哲的缘故，和法国人搭上项目，总公司需要从我们这里借调一个可以办事的人，不同于之前唐磊的推荐，这种因项目而借调的模式是最难的一种，把握得好才有进入总公司的机会，把握不好，就是个出力不讨好的苦差事，联系前因后果的种种，和我决定要做的事，我已经说不清这个机会到底是出于以防万一还能逃避的软弱习惯，还是出于我终于决定直面自己以后连带突破的进取心。

成长的过程不忘初心，真是连自己都想夸一把自己了……

"你又何必这样说自己，"我还在拿捏不定，唐磊倒是难得的一脸诚心，他一脸诚心地安慰我，"那次跟这个不是一回事，那次我确实是找不到人想拿你来顶缸的。"

……我立刻就把"或许你说的对，这件事也许无关任何感情，也许是我事业上的转折点，唐总果然洞明世事"的马屁咽了回去。

"不过话又说回来了，你都还没和你的直属领导汇报。"还不配跟最大的这位老板谈尴尬。

我感觉唐总又把越级的问题绕了回来并且妥善地栽到了我身上。

“说实话，其实一开始的时候我以为你是那种不相信别人的人，”唐总顿了顿，突然切了模式，“所以在你和安的这段友情里我多少为她有点不值，我总觉得她把所有的感情和信任都给了你，而你却始终对她有所保留。不过后来我想明白了，在感情这个问题上，你不相信的其实是你自己。”

“我知道，”我有点不自在地点了点头，“安也知道。”

“没错，她可比你聪明多了，”唐磊沾沾自喜地说，“这一切其实只和你有关。安虽然不会处理那些细枝末节的东西，但她有她自己的方式，她选择用自身的全部告诉你你所值得的一切，她是连着你自己的那份在相信着你的。我欣赏这样的安，所以我并不介意她一年有三百多天的时间在发表想要和你当情侣的言论，两百多天的时间说回家指的都是回你家。”

不，你明明就很介意，超介意，介意得都想把我处理掉了。

……等一下，所以从安说出来一起结婚之后唐老板所作所为的种种还包括顺势把我处理掉这一层意思吗？？

……这么一说陈总离职前和我谈进入总公司那次真的只有找不到人拿我顶缸这一个原因吗……

还有之前那次……不行，我停止深入的思考，不管怎么说唐总的原始人设还是有公私分明这一条的，人与人之间一旦失去了信任，就会陷入阴谋论的深渊看什么都有问题了，这样不好，要相信这个世界是光明的。

我充满信任地看着唐磊。

“像你这样的人，处理起来再简单不过，我甚至都不需要刻意安排，”唐总果然毫不意外地辜负了我对光明面的信任，“只要让你相信你不值得她对你的这份感情和信任，或者让你相信你和她已经不在一个世界里了，你自己就会默默淡出，淡到她甚至都不会察觉，”唐磊目光锐利，坦然地看着我，“但是我永远不会这么做，因为比起保护她远离负面存在的影响，我更愿意选择尊重她的一切。”

我回看着唐磊，感到有些哑然。

“唐总，”我哑然地说，“你要是想在安心里最重要的人面前表决心，就不要用‘负面存在’这种词汇来形容别人好吗？”

唐总露出一个不易察觉的微笑。

“还好就算是你，偶尔也会做出一些意外之举的。”他意义不明地说，“你也差不多该让安放下心了，人不就是这样的吗，听从自己的本质按部就班地生活，偶尔做些不是自己这样的人会做的事，然后搞砸，至少最坏还可以证明一路坚持做自己而走到现在的人生是正确的……所以去吧，去把事情搞砸，我在这儿屈个尊，亲自给你挖坑，保证让你从那个只能用草垛来做比喻的突破高度上摔下来的时候，比实际情况更惨一点。”

简直太值得信任了！

“唐总。”

“嗯？”

“我的亲密好友估计明天就能回家。”

送走了唐磊，我终于可以在自己的工位上整理一下因为没有亲临办公室而堆积起来的杂物，大部分都是垃圾邮件，毕竟需要紧急响应的文件资料已经转交给对应的同事处理了。我草草看了一眼，只有广告或者其他公司寄来的宣传手册，还有些甲方返回的盖章合同，这个部分只需要整理后交法务存档就好了。毕竟只有一个多星期，这些纸质的邮件的堆积和处理都不是什么大不了的程度。

总觉得好像做了很多事，发生了很多变化，结果也才一个多星期的时间。

唯独一样东西，我拿着看了很久，倒不是有多复杂的内容或者有多长的篇幅，事实上完全相反，就只是一张简单的卡片，装在深蓝色信封里，唯一的装饰就只是信封上银压的 Logo，看起来有一种奇妙的既私人又郑重的感觉。卡片是手写的邀请函，告知了时间、地点和邀请内容，签名是 Alicia，字如其人，冷淡而优雅。

这是杜晴雪寄给我的，是发布会开幕式和之后晚宴的邀请函，时间早就已经决定，就在下周。只是我不再跟这个项目，这个邀请就是纯私人的了，我看着邀请函上钢笔划过的纹理，所以对方用了手写的邀请函，还伴随了一份特殊的礼物，然后知道我扭伤了脚可能会请假在家，却没有打招呼，直接用快递寄到了公司。

……这种行为到底是随性还是别有深意？

我深吸一口气，决定暂时不去理会这些私人问题，我把桌子上该扔的扔了，该堆起来的堆起来，泡了一杯茶，准备开始接下来的工作。

“你还在这里。”

我把视线从电脑屏幕上移开，看见邵宇哲正站在不远的地方。他的头发上有雨水打湿的痕迹，落下的碎发遮挡住了视线，他伸出手将它们抚平到后面，脸上还有在看到我时露出的略微惊讶又有些安心的表情。

我忍不住盯着他看了一会儿，才想起他问我的问题。

“处理些落下的工作而已。”我含糊地说，看了时间，感觉刚刚才和其他同事道过再见，怎么突然就这么晚了，“你呢，怎么现在还回公司，外面下雨了？”

今天是周二，早上的遇见只是因为公司部门级以上的例行周会，那之后他就直接外出了，我自然也就理直气壮地……迎接唐总下凡越级汇报去了。

想到越级还是有点心虚……

“我来找些东西，”他回以我同样含糊的句子，却没有任何寻找的行为，“我还以为你已经走了。”

“躲避高峰。”我无奈地指了指虽然不怎么显眼但还是需要轻柔对待的脚，“你要找什么东西，需要帮忙吗？”

“……不，”他看着我，说，“我已经找到了。”

“哦……”我有些疑惑，却也没有过多询问，“我刚刚问了安，她说店里的人太多了，虽然我们已经定下终身了，不过我觉得我还是晚一点过去好了。”我一边说，一边直接坐在办公轮……带轮子的椅子上，从座位荡到了窗边。办公区的窗子是落地的，为了安全挡了一圈金属栏杆，我扒着半人高的栏杆往外看，路灯下是平静的积水和潮湿的路面，“啊，果然下雨了。”

“已经停了。”他在我的桌子上半靠着，看着我又坐着椅子荡了回来，一脸好笑的样子，停了一会儿，才温声问，“你去找谢临谈过了，谈得怎么样？”

这件事我还是跟他打过招呼的，只是他太忙，基本没有过问，我把给谢临的策划书和同唐磊汇报的情况原原本本复述给他。

“没想到你想说服他做巡展。”他沉思了片刻，“不过方案做得很有说服力，我觉得不会有什么问题。”

“祝风帮的忙，他在巡展这块经验比较丰富，当然还有唐总，还有你的攻略库，”我发表获奖感言，“其他的还是等谢临那边反馈了再说吧。”

“嗯。”他应声，像是有些欲言又止的样子。

“杜经理那边怎么样了？”我于是转而问他，“发布会下周就开始了吧。”

“是，一切都按照计划进行。”他对这个问题微微皱了眉，目光锁定在我身上，似乎在揣摩问出这个问题的时候我脸上的神情。

“我还是有些期待的，”我神色自若，笑了笑说，“郭茗给我发过最后完成的照片，虽然还有些展品没有到位，装饰也没有完全布置好，不过已经可以想象得出当天的效果一定很不错。”

“如果你愿意的话，你可以来参加发布会。”他脸上一闪而过一种复杂的情绪。

“当然，”我说，“杜经理给我寄了邀请函，上面说我还可以多带一个人。”

“她给你寄了邀请函？”邵宇哲表情奇怪地看着我，“她还说什么了？”

“没有了，”我有些不解地翻看了一下，“她应该说什么吗？”

他只是抿了唇角，微微有些懊丧的样子。

我叹了口气。

“说起来我一直觉得杜经理和阿墨很像，她们两个都是家境优渥，从小资质就很好，而且也比别人努力的人……我想如果阿墨没有遇到肖远，不知道是不是也是这样，按照计划出国留学，回来以后在家族企业里工作。”

“不会，”他语气笃定地说，“她们相似的只有环境，从本质上讲完全是不一样的人。”

“至少她们都有从高处跳下的勇气。”我没有和他更加深入地探讨这个问题，还是维持那样正常的神态，笑了笑，说，“对了，虽然杜经理没说什么别的，不过她送了我一份礼物。”

我把那个一起送来的盒子放到桌子上，同样压制着银色Logo，同样的私人又郑重，唯一的差别是，盒盖上用同一手法印着银色的杜经理的签名。

我打开盖子。

里面是一套黑色的小礼服，我看过发布会的名录，并不是其中的任何一件。虽然说是礼服，但并没有夸张的装饰和过分复杂的剪裁，这不是生来就是为了夺目，却也会让我这样的人担心自己是否配得上的那种设计，它有的只是一种淡然的、柔和的安心感。

“真是太适合我的风格和喜好了，”我想着在画廊时和她的对话，忍不住笑着摇了摇头，才把礼服慎重地重新放回盒子里，“太适合了，反而让人有了一点不甘心的感觉呢。”

他没有说话，直到看着我做完这一切，才突然轻声地开口：“你要离开了吗？”

“……是啊。”我仰头看他，让这样静谧的气氛停留了一会儿，才说，“对了，之前约过等我感冒好了带你去安的店里玩，怎么样，时间差不多了，你要和我一起去吗？”

第十三章

玉子烧与寿喜锅

他是本店的珍贵资产，

你处理的时候可以轻拿轻放吗？

安的店距离我们公司大约步行十分钟的距离。CBD 指的就是城市的商业中央区，标志就是高楼林立建筑密布。我们从大楼后面的巷子里抄近路过去。天早就已经黑了，路上没人，安静地走在城市钢筋水泥的森林中，还会有种不知道会穿越到哪里去的幻觉……

其实安的店面积并不大，只是和式风格本身就比较精于空间利用，采取小巧精致的模式，在恰当的部分做了些曲折而私密的设计，关键中的关键是，在面对正门的操作间开放性地展现了大厨让人眼前一亮的身影。全仰仗这份眼前一亮，让空间生成了非常不科学的欺骗性。

当然这不是重点。

……重点大概是好吃吧。

虽然说了是为躲避高峰期所以特意晚一点过来，不过高峰期其实比它听起来的长得多，我和邵宇哲进到店里的时候，也只是刚开始出现空位而已。

安大约在后厨忙，大堂里并没有看到她的身影，只有服务生在各个餐桌之间穿梭着，而那位让人眼前一亮的任奕鸣厨师长正在操作台后面专注地切着三文鱼。

服务生筱筱看到我们进来，正想招呼，我冲她比了个没关系的手势，她也就乐于不管我们了。我和邵宇哲站在一个不干扰别人用餐的地方看了一会儿。任奕鸣用刀大概可以考虑规划成此地的景点，他握着刀的手指修长有力，眼神则不同于日常，像刀刃一样锋利，划开三文鱼肉的方式就像是艺术本身，出刃刀和刺身刀在他手中完全是字面意义上的游刃有余。

“他曾经教过我处理三文鱼，”我悄声对站在我旁边的邵宇哲说，目光仍旧停留在任奕鸣的手上舍不得离开，“是从保养刀开始的，他总是把‘鱼料理的生命在于刀’挂在嘴边，然后才是刮鳞去鳃，可惜那个时候我还是太年轻，不知道这大概是这个人这辈子跟我说最多一次话的时候，虽然内容是关于切三文鱼……步骤、顺序、切口角度，整个过程我一个字都没听进去，全都忙着在感慨大自然的馈赠，这个世界上怎么会有三文鱼这么美好的存在……后来他就什么也不肯教我了。”

邵宇哲礼貌性地扬了扬嘴角，并没有说话，只是若有所思地看着任奕鸣。我能理解他的心情，毕竟厨师是本店的卖点之一。

我站着的时候因为会无意识重心偏移，让另一只脚承受起全部的重量，时间长了就很容易感到累，我顺着烹饪台巡视了一圈，在最靠近的地方看到了一个合适的两人位，邵宇哲这才收回了目光，跟在我身后半步的距离，一起慢慢地走到那两个并排的空位处。

安大约是从筱筱那里听说我们来了，终于从后面现身。她在店里向来是穿服务生制服，那是我们用饱览 ACG 无数的二次元精神，亲自设计定做的，完全呈现出另一种方向上的中二巅峰。但是安穿起来实在太过适合，她总是把头发绑成马尾高高地扎在脑后，在店里行走时无论是平衡感、力量还是气势，都让人感觉她随时都在准备着从大腿外侧的枪套里掏出两把 USP（半自动手枪）然后面带微笑地开枪射击。

她在看到邵宇哲的时候就微微露出了一点这样的表情。

我忍住了一个笑，在座位上坐下，看着安在我们面前放下餐具和茶水，我才对她说："看来网上放出的预告图很有效果嘛，突然就多了这么多人。"

真不愧是销量喜人的轻时尚杂志，确实很懂自己的读者想看什么，还没有正式出刊，只是在社交网站的官方账号里放出了两张用作预告的现场图和一些套路的文案，就已经增加了一波慕名——暂且不管慕的什么名——而来的客流，而且顺带一提的是，摄影师和编辑仿佛不但很懂读者想看什么，看样子也挺懂怎么气死唐磊，虽然配图放的是店长和主厨工作中的单人照片，拼在一起就是让你有种随便怎么想都行的开阔气氛。

总之是各种意义上的值得期待。

"我也听说了，"邵宇哲同意，"阅读量和关注度都很高，转发和评论的数量也都是平时的几倍，主编也说，作为一个新栏目，这个开始也很令人满意。"

"这都是多亏了你。"安保持了一开始那个带着杀气的微笑，对邵宇哲点了点头。

“刚好而已。”后者没有回避，只是清淡地说。

“不过只是预告就有这样的效果，”我已经打开手机看转发和评论了，晚饭时间又有了新一波的增长，都是在 repo 明明冲着主厨和店长的颜值去的，结果发现食物比颜值更吸引人。我暗戳戳地对安说：“按照这个形势，等到正式杂志出来的时候，你是不是可以把隔壁的店面收购了？”

安不轻不重地白了我一眼，“我才刚刚重新做了装修，让隔壁再撑两年吧。”她把一份菜单放在邵宇哲面前，完全是对待客人的态度，就差把“不熟”两个字写在脸上，“刚刚下了雨，天有些冷了，寿喜锅怎么样？”

话却是对我说的，这种表情和语气截然相反的操作仿佛是后期加的特效。

“想吃三文鱼。”我说。

安用菜单夹板敲了一下我的头。

“才说了下雨天冷，你就给我点生食，是不是太不给我面子了。”

“……我又考虑了一下，果然还是寿喜锅好一点……”我捂着脑袋，在压迫下屈辱地听从店长安排，打哪儿指哪儿。

“这位客人呢？”安显然很满意我的选择，根本没在用来敲我头的点单上记下任何东西，就直接问邵宇哲，“你想来点什么？”

邵宇哲并没有看菜单，只是仍旧用那种若有所思的表情看了看站在操作台后，面无表情专注于手中工作的主厨，在安问他的时候才回头，礼貌地笑了笑：“我多加一份玉子烧，谢谢。”

安接了单，挑了挑眉却没有说什么。我目送她离开，回过头，看着这位客人，期待地说：“怎么样？”

“这里环境很好，”他思考了片刻，“并不完全是刚刚装修的缘故，是整体上有一种整洁的感觉。”

“嗯，因为空间不大，所以从一开始就舍弃了很多不必要的东西……”当然也有可能是为了节省资金，“……这次重新装修又做了不少减法，就是为了营造这种效果，我们主厨说过……”

“如果就餐环境不好，食物也会变得难吃。”这句话不是我说的，而是主厨本人说的，走过来的任奕鸣接过我的话，却否认了引用来源，“这句话也不是我说的，是小野二郎先生说的。”

他面无表情地看了一眼邵宇哲，才在我面前放下一个小碟子，上面放着两块三文鱼寿司，三文鱼身上有明显火炙过的痕迹，他伸出一根手指，冲着安消失的方向对我做了一个噤声的手势，我从善如流地闷声吃好吃的。任奕鸣才在邵宇哲面前放下一个酒壶和一个杯子，说：“这个是你的。”

“咦？”我好奇地看了看，“这是你新酿的酒吗？不是说了因为是自己酿造的，就不作为商品拿来店里卖了吗？”

“是的，”任奕鸣冷淡地说。他将酒倒入酒杯，满得都在杯口生成了饱满的表面张力，才说，“这是私人招待。”

“我也有份吗？”我满怀期待地看着酒瓶旁的另一个杯子，同时把三文鱼好好地放在了嘴里，没有一丁点儿的分享意图。

“那是我的，”他看向邵宇哲，不带情绪地说，在我面前放下一只小小的汤碗，“这个才是你的。”

“我发现，无论做什么令人愉快的事，后面跟着催稿的，愉悦程度就大打折扣了。”我愁苦地凝视那只小小的汤碗，突然觉得内容物看起来似乎有些眼熟，我端起来看了看，闻了闻，“这难道是安和唐磊定情的那碗汤？”

我第一次尝试挑战自己的想象力和能力的，翻新花样的那碗汤。

“我决定接受你的建议。”他开口，无视了我对这碗汤的称呼，还是那种看不出情绪的表情，“尝试一下对待食物的另外一种态度，我想我可以从这里开始。”

我忍不住就笑得很开，任奕鸣脸上难得的出现了一种温柔的表情，看着我认真地品尝了这碗汤。

“这跟我做的完全不是一个味道。”我说。

完全从家常菜变成高档料理了。

“所以你想要尝尝看吗？”我放下汤匙，问坐在对面的邵宇哲，“之前我在聚会那天做过的，唐磊每次都要点名的那碗汤，想不想体会一下明明是同样的食材和食谱，成品居然完全不是一个味道的高级版？”

只要他一尝，八百字的作业就是他的了。

“而且别看这只是小小的一碗汤，”我看他不受蛊惑，又加了一点码，“能让这位大厨做出改变，可以算得上是史诗级的奇迹了，怎么样，要不要见证奇迹？”

就连奇迹本人也看向他，不知道是不是我的错觉，做出改变的任奕鸣立刻就感觉变得不一样了，甚至能从他的表情里读出看戏这种闲暇的意味来了。

果然是史诗级的奇迹。

“原来如此，这确实是值得喝上一杯。”邵宇哲点了点头，却仍然是那副无动于衷的样子，他将另一只酒杯也倒满，表面张力饱满到仿佛两个学霸在比谁的物理好，他将两杯酒都一饮而尽，才说，“你在工作，这杯我就替你喝了。”

任奕鸣没有阻止他，看向他的表情难得地出现了松动。

我则看着这个谜之就喝起酒来，而且谜之喝甜酒也能喝出豪气来的场面略感有些无语，但是作为一个过来人，我还是诚心地劝诫，“容我提醒一下，这个酒虽然喝起来很甜美，但真的很容易醉……”

没人在听我说话。

“你知道，我可以让他早点下班的。”连安也无视了我，她在我们身后出现，显然寿喜锅已经准备好了，是的，厨师当然不止任奕鸣一人，然后安毫不客气地把我没来得及吃掉的另一块三文鱼寿司丢进了嘴里，无视了我的悲鸣，“说实话，我觉得故事发展到这个层面上，差不多可以发生一些激烈的场面了，考虑到现在这个情况，我同意让出我的名额。”

“告诉厨房，十五桌的玉子烧我来做。”任奕鸣则无视了店长，对身后的服务生说。

安简直痛心疾首。

我已经懒得再吐槽这三个人每次同框就各自发展起自己的情节了，就在看到发出咕嘟咕嘟声音的寿喜锅时，就已经毫不犹豫地决定抛下一切先吃为敬了。

大约一个半小时后，我突然想起来一件事。

“说起来，我第一次吃任奕鸣做的料理，就是玉子烧。”我回忆着，遗憾地戳了戳盘子里的盐烤青花鱼，“那份玉子烧真的好吃到我都忘记我其实是不喜欢吃鸡蛋的……刚刚我也应该来一份的。”

“今天是没可能了，”安从一个经营者的角度对现在的形势做出评价，“果然不论是从法律的角度还是从安全的层面来讲，自酿酒都是很危险的东西，确实不应该拿来卖，也不该放在店里……任奕鸣果然是个相当靠得住的合伙人。”

“男人真是奇怪的生物，”我支着下巴，偏头看向旁边桌的两个男人，“明明看起来没有什么交集的样子，再见面就已经是约定过一起喝酒的关系了，真是让人猜不透的节奏。”

我早已经从一开始的座位移开，把主场让了出来，我从没看过这两个人喝醉后的样子，倒是达成了一个神奇的体验，不过这个体验也就这么回事了，不知道是该欣慰还是该遗憾所谓的酒品如人品，这两个人在不知道是尽兴还是较劲到最后一刻的时候，也只是一个倒下然后另一个立马生死相随而已，并没有发生什么可以成为都市传说的像样故事，也没有吐出什么让人大吃一惊的酒后真言。

比如银行存款和取款密码什么的。

“也许那天我关上门之后他们真的打了一架，”安带着洞悉一切的神情说，“男人就是这样奇怪的生物，虽然看起来都是一本正经的类型，一旦有了身体上的接触，想法立刻就不一样了。”

我把茶喷了出来。

料理店已经提前打烊了，除了旁边那桌以外，其余地方都已经收拾干净，然而所有在劳动合同上都明确被包了三餐的员工们，都在意识到不会有任何令人期待的福利画面之后，无情地收起手机然后选择了晚餐外带回家，留下他们的老板和一位无助的伤残人士，也就是我，收拾这摊让人不知所措的残局。

于是我们决定还是坐下来再吃点什么好了。

“所以你终于决定要去总公司工作了。”安叹了口气，却并不意外地说。毕竟我早就说过，这才是我职业规划的一部分，我们都知道理论上总会有这么一天的。

“理论上，”我强调了这个词，“我必须再一次重申，我只是见了总公司的人，如果对方不要我，我们还是要装作什么事都没有发生的样子。”

“你两年前就该去了，”安不以为然地说，“你总是觉得自己资质太浅无法胜任总公司的工作，不过经验这种东西，在哪里积累不是积累。”

“是啊，”我因安的一针见血而失笑，苦笑着说，“那个时候刚好赶上几个大项目，陈总身体又总是不太舒服，我是真的有点慌了，我不想自己是因为承受不了压力想要逃避才离开的，但是现在想想比起去到总公司所面临的压力，或许那种情况选择留下才是真的在逃避。”

“那这次呢，”安有些犹豫，看了眼趴在那里的邵宇哲，才问我，“也是因为……这个而选择的逃避吗？”

我也追随着她的目光，看向同样的地方，看向那个我从高中时就开始喜欢的人，看向那个忍受着“平凡”“普通”“一般”这些形容词，然后把自己放在一个合适的位置，默默等待着内心的悸动过去的自己；即使鼓足了一生的勇气去告白，也认定了会被拒绝的自己；逃开了之后所有的同学聚会、可能的消息之后，再次相见仍然毫无长进的自己。

所以这一切确实只和我有关，我把自己放在有所保留的距离，对那些发生的事视而不见，认定自己并不值得得到这些。

这确实太不公平了。

“你知道我有时候真的很讨厌唐磊，”我最终说，“真的，尤其是他说得对的时候，尤其是他总是说得对的时候。”

安露出一个得意扬扬的笑容，和唐磊在提起安时露出的那种得意扬扬的笑容如出一辙。

我感到有些安心，又在某种程度上有些不能直视，只能无奈地笑着摇了摇头，看向邵宇哲。

“我应该听他解释的。”我说，想起他偶尔会露出的那种，冷淡而又疏离的表情，“还有问一下他当年究竟为什么拒绝我。”

“你应该。”安说，“还有任奕鸣也是……作为店长我想补充一句，他是本店的珍贵资产，你处理的时候可以轻拿轻放吗？”

我没有回答，只是在心里回味着那碗汤的味道，还有任奕鸣第一次露出的，温柔的表情。

“你放心吧，”我说，“他很好，不用担心。”

安先是愣了愣，随即表情变得柔软下来，有些遗憾地说：“我也应该尝一尝那碗汤的，没准以后我们料理店的经营方向都要发生变化了。”

“没关系，”我失笑，“你有个特别靠得住的合伙人，我对他很有信心。”

“这么有信心真的不考虑一下吗，”安抓住我的话，狡猾地说，“比起邵宇哲那种偶尔会让人觉得看不透的样子，其实我还挺喜欢任奕鸣的。”

我往她身后看去。

安浑身一僵，顺着我的目光惊悚地慢慢转过头。

那里什么也没有。

她对我当胸就是一拳。

“……我只是觉得……一般情节发展到这里肯定会来这么一下的，谁知道唐磊那么不争气。”我一边咳嗽一边痛苦地指摘，“你还不是这么觉得的……不然你惊悚什么……”

“所以他是怎么和你说的，”安仿佛前面包含人身伤害的部分都没有发生过一样，指了指任奕鸣，“我真的完全想不出来这样的人会怎么表白，在蛋包饭上画爱心？把表白的句子写在宽面条上？”

“电子邮件。”我说。

安一脸画面太惨无法目睹但微妙的又有些好笑的样子。

“还是我交作业给他的回邮。”我倒是完全没有忍，轻松地笑起来，“所以别担心，他很好。我们都会很好的。”

我们看着出现在对话中，一丁点儿好的迹象都没有的两个人，明显醉得相当死，一边一个栽倒在各自的胳膊里，按照对血管的压迫程度来看，再放一会儿估计要双双截肢。

“我是没有可能搬运得了他们中的任何一个了，”同情这种珍贵的感情在我们之间的氛围里以肉眼可见的速度消失了，“不过喝醉酒的人就算搬得动我也不想搬。”我考虑了一下，说，“我记得任奕鸣就住在这附近，我们去他的置物柜里找找看钥匙在不在那儿，干脆就把他们俩就近处理了算了。”

“……真是意料之中的……无聊的解决方案。”安因为太了解我而笑出声来，“你就别动了，我先收拾一下这两桌，差不多的时候你叫辆车，我想只要多给司机一些钱，请他帮忙搬运一下这两具活体应该是没什么问题的。”

我表示同意。

我们两个都没有动，又默默看了一会儿。

“所以你真的不考虑那些喝醉之后的情节吗？”安还是觉得可惜，微微有些不舍地说，“机会难得，而且很多奇妙的进度可都是靠喝醉酒赶出来的，什么酒后的真言，什么不注意的亲亲，什么这样那样怎样的……反正照顾一个晚上，发生的肯定都是些人民群众喜闻乐见的段落。怎么样，别的先不管了，要不要挑上一个，all 了也行。”

“在一方神志不清的情况下这些行为是要坐牢的。”我冷酷地说。

“……绳之以法的情节也挺有教育意义的。”安悻悻地哼唧，开始收拾东西，我没理她，拿出电话准备叫车。

突然就恶从中来。

“不过话又说回来了，照顾喝醉酒的人这件事，我还是有个喜闻乐见的经验的。”我看着手机，指尖在叫车软件和拍摄软件之间巡回了一圈，随即在视频文件里点开了那个加了特效和BGM（背景音乐）仿佛邪教祭典一样永久留存的画面，参考了一会儿。

“这件事不是在才刚刚过了周年纪念日我们已经被强迫地看过了么……”安弱气地提醒我，她对这个段落也是常看常新，对每一帧都有独到的理解，然后她突然反应过来了，“你的意思是，对于每年例行的羞耻play我们终于可以进入崭新的篇章了吗？？？”

惊喜来得太突然，安捂着嘴泣不成声。

“这两个人不听我的劝告就算了，”我无情地决定，“喝到不省人事让别人照顾算是怎么回事，不过既然都落在我手上任凭摆布了……那我也就不客气了。”

我再说一次，不喝酒真的是一件非常非常有益身心的事。

第十四章

香槟玫瑰和 Marry You

所以那是我。

你决定不放下的人，是我。

我叫暖冬，二十五岁，单身。

此时正独自站在红毯尽头的位置，看着主道两侧举着照相机、摄像机的人群，所有人都看向这边，每一张脸上都写满了激动的情绪，仿佛迫不及待想要记录下这个星光熠熠的时刻。

我深吸一口气……仗着自己前工作人员的天时地利人和，顺利地避过人群从旁边的工作人员专用通道溜进了会场。

发布会和周年展阵势造得很大，受邀而来的除了行业相关的公司和媒体外，还有不少原先名录上没有，却突然决定前来捧场的名流明星名媛，更不要说数量暴涨，此时正在外围毫无保留激动尖叫的粉丝们了。

这个阵势如果是我的话……确实是搞不出来的，而这也确实是杜经理需要的效果。

真奇怪，有些事情一旦心态变了，看待问题的角度突然就变得完全不一样了。

我一边靠着杜经理给我的邀请函和这张在前期劳苦功高的脸，在现场一路畅行无阻，不管是作为项目负责人在后台毫无一丝喘息余地地应对一切应该发生和不应该发生的事，还是单纯作为客人完全不能投入活动本身地观察学习推断别人是怎样思考设计实现运作的……对我来说都已经不算什么新鲜事了。

但作为一个纯粹的客人来体验自己曾经负责的项目这种经验说起来还是有史以来第一次……

嗯……这个最终效果确实比我预期的还要好得多。

虽然已经从郭茗那里得知了最终完成的时候会是什么样子，但亲眼看到的时候还是觉得真的很厉害，明明还能看到我从最初到最后一次修改的各处痕迹，但整体的质感已经完全不一样了，有了一种非常契合的平衡感，将“不忘初心，而又充满了无限可能”这样的态度发挥到了一种……大概梁总监看到的时候，感动得哭出来也说不定的程度……

不，并没有，梁景春总监看起来整个人都心不在焉，在远远看到我之后穿过整个展厅走过来的样子简直沮丧到不行。

却意外地在正装的效果叠加下转化成了一种粗糙又成熟的魅力。

“你的脚没事了？”第一句话却意外地表达了对我的慰问。

我闻到他身上带着的烟味，浓厚的程度也同样符合这个丧感，知道甲方公司在项目收尾的这段时间里也过得相当辛苦满心焦虑备受折磨，无论什么时候都蛮让人愉快的。

“走太多路还是会有一点痛，不过已经没事了，谢谢梁总关心。”

“我还以为你不会过来了，之前打过电话，但你关机了。”

“这几天一直在忙项目投标，”我对他歉意地笑了笑，“十二个分包，可能刚好在述标，随手就关机了……杜经理给我寄了邀请函。”

“嗯，你的同事告诉我了，”他终于也露出个微笑，“你一个人来的？”

“是啊，今天最后一个项目，唱完标就立刻跑过来了，我已经和杜经理解释过可能会晚到，”我换了诚恳的语气，真心地说，“毕竟在这个项目上花了很多心血，而且能和你们共事也很开心，所以无论如何一定要来的。”

可惜虽然收到了杜经理特意寄来的礼物，最后还是穿着应付投标现场的职业套装来的，标配软底套鞋，轻松地混在工作人员的队伍里，刚才还毫无破绽地帮人指了个路。

果然还是这个部分我做起来比较驾轻就熟。

“和我说这种场面话干什么。”他把手插在西装裤的口袋里环顾了整个会场，才用一种漫不经心的语气说，“走吧。”

“去哪儿？”我反而有些不明所以，奇怪地问他。

“我们好歹是家服饰公司，给你找件礼服还不是问题，”他说，“一会儿有场时装发布会，你要上去走一圈吗？”

我配合着笑出声，笑了一会儿后才收起表情说：“你不是在开玩笑。”

“至少礼服那部分不是，”他还是那种故作正经的样子，眼中却有些促狭的笑意，“化妆师和造型师现在估计是忙不过来了，不过晚宴的时候应该是能让你……怎么说，艳压个群芳的。”

“我才刚刚突破了一点自己，请不要把我吓回去。”我说，“……没关系，我自己有办法。”

他不置可否地耸了耸肩，随我便的样子。

“所以，”我们在原地站了一会儿，他忍不住问我，“你就这样……看着？”

我就这样看着，看着邵宇哲出现在会场的入口处，无论是剪裁得体的定制西装，还是头发划过额角的节制弧度，都如同那天一样，不可理喻地英俊。

只是这次站在他旁边的不是我，他胳膊微弯，被杜晴雪松松地挽着，她仰头和他说话，在他回应她的时候，露出微微的一丝笑意。我脑子里出现了很多关于“珠联璧合”“相得益彰”“星月交辉”之类形容情侣般配的成语，他们看起来太过美好，就好像所有爱情故事里那些理所应当的主角一样，让人甚至就只想这样……看着。

“他今天戴的是领结，”我说，“是真的领结。”

“她是真的长大了。”梁总则和我平行于同一个世界，他叹了口气，喃喃地自语，好像又回到了穿过整个展厅向我走过来时的样子，遮掩不住的沮丧又寂寥。

“女孩子要是决定长大，速度会快得超出你的想象。”我终于看在当初的同盟情谊分上安慰梁总，想了想还是补充一句，“梁总，二十一岁救了一个十二岁的小姑娘叫作见义勇为，三十三岁盯着一个二十四岁的大姑娘谈恋爱叫作变态行为……”

梁总面色微微扭曲了一下，好像“变态”两个字直接戳中了他的灵魂深处，梁总想必十分想念几个段落之前还会说场面话的我。

“我需要把你绑起来吗，”我感到身为工作人员的职业病开始在内心里发挥作用，忍不住说，“我觉得你一会儿要是冲上去抢人我身微体弱可能拦不住你。”

梁总对我诬陷给他的行为完全不想反驳，他茫然望向那边的方向。所有的嘉宾都已经坐了下来，身材高挑的模特踩着音乐步上 T 台，展示着新一季的时装。

我们像是两个与这里的一切都毫无关系的人一样站在聚光灯波及不到的地方，一直默默看到最后，直到所有人都鼓着掌，说着祝贺或者感谢的话，梁总才问我：“你是怎么知道的？”

我的内心因为终于有人问我这个问题而激动万分，表面仍然不动声色。

“一旦你正视自己的内心，你很快就会发现，”我不动声色地介绍经验，“这个世界和你想象的有点不太一样。”

梁总目视着前方，思考了片刻我的话。

“完全不明白你在说什么。”他说。

“我有个内应。”我只好说，学着他那天的语气不轻不重地酸他，“毕竟我们小姑娘不但喜欢吃奇怪的零食，还特别喜欢八卦。”

他皱了眉，欲言又止，我却不给他机会，只是冲远处挑了挑眉，转而问他：“说真的，你不需要上台吗？好歹是品牌运营总监，这场活动成功至少有你一半的功劳啊。”

“不用了，既然扮演黑脸，还是躲在暗处的样子比较适合我，这次她干得不错，就让她好好享受一下吧，”梁总笑了笑，“后面的坑还多着呢。”

“我刚刚说过的吧，女孩子要是决定长大，速度会快得超出你的想象，”我语气难掩同情地对梁总监说，还是忍不住伸手拍了拍他的肩，“挖坑的时候注意安全。”

虽然称作是晚宴，但其实更像是发布会和纪念展成功举办之后的庆功宴。除了愿意留下的一部分嘉宾，更多的是公司员工，以及员工带来的朋友和家属。媒体虽然已经走了，但跟场的摄影师都留了下来，前一刻还在辛苦工作的人，就着热度尚存的会场和红毯，还有明星同等级的聚光灯待遇，愉快地享受着公司二十年的生日聚会。

我在二楼化妆间的门前深深吸了一口气，穿着高跟鞋的脚踝因为绷紧的姿势发出隐隐的抗议，我无视了它，鼓足勇气走了出来。

任奕鸣抱着胳膊正站在栏杆旁，像是正在欣赏展品和所有看着展品的人一样，若有所思地低垂着目光，在听到我惊讶的声音时，偏过脸来。

这还是我第一次看到他穿西装的样子，不同于穿着厨师制服时那种专注自律的样子，也不同于常服那种简单随意的风格，穿着西装的他看起来有种奇妙的华贵感。他的表情仍然是一脸的严肃，不知道在想些什么，低着视线往下看的样子，就像那天在我家调制蒲烧鳗鱼酱汁时看着锅的表情。

确实是任奕鸣本人了。

“你怎么会在这里？”我制止了自己的联想，才奇怪地问他。

他伸手指了指楼下一个方向。

我顺着他指向的地方，立刻就看到安性感火辣的身影，她穿着一身正常人根本压不住的深紫色吊颈高开衩大露背长晚装，行走之间修长的双腿时隐时现，细腻白皙的皮肤亮眼到身在二楼的我直接瞎了，简直是活体演绎“艳压群芳”四个字。她隔了半个会场看到我，立刻挑了个媚眼跟我打招呼，我于是也立刻缩回脑袋清空二十多年的情谊假装不认识这个存在。

连带着我好不容易酝酿的感情也一起清空了。

……不是，我约她的时候她明明就说了今天晚上有活动的啊？！

“对，参加的就是这个活动。”这是事后她给我的解释之一。

“你肯定是不会带任奕鸣来的，所以当然是由我来帮他这个忙啦，就让唐磊去搞了邀请函。”这是事后她给我的解释之二。

“我看唐磊最近辛苦了，帮他提一提神。”这是事后她给我的解释之三。

好不容易搞来的邀请函，女朋友却高开衩大露背地带着别的男人去了……确实挺提神的。

“我想送你最后一程。”任奕鸣一如既往地直接。

“你终于要杀了我了是不是。”我说。

他给了我个困惑的表情。

“……我是说你的脚。”

他伸出手，我对他这个绅士力十足的动作有些意外，也只是反射性地伸出手交给了他，连带着重心转移，确实感觉脚上轻松多了。

“你知道，那天把你们搬上楼真的花费了相当大的力气。”

虽然是司机师傅的力气，但既然是真的喝醉了，我也不介意越俎代庖替司机师傅戳一下当事人的羞耻心。

他的脸果然微微红了一下。

“这几天我想了很多，”他把我的手放在臂弯里，带着我缓步走下楼梯，“关于老师说过的，还有你说过的那些话，在我尝试着为某个特别的人，也就是你，为你料理食物的时候思考的全都是关于你的事，在你生病时，在你受伤时，在你疲倦时的这一切，还有你喜欢的，食物本身的味道……我突然就明白了，所有这些关于你、关于生活本身的事。”

我看着他的眼睛，和他脸上认真的神情。

“谢谢你。”我说，对他露出一个微笑，“你看，这是不是比我发送关于食物的感想之后，你写在回复里给我要好得多。”

他终于露出一个真正明亮的笑容，像是月华初升，温润如水。

他把我从楼梯上轻轻地拉下来，最后一级刚好落进他的怀抱里，我伸出手，环上他的背，回以他同样的拥抱。

“我就在这里等你，”他说，“哪里也不去。”

“你知道的，”我说，“你有很多地方都可以去，早就跟你说过了嘛，要趁着年轻好好享受生活。”

他只是斜斜靠在楼梯的栏杆上，用一种随意又固执的语气说："那在去到别处之前，我就在这里多等一会儿。"

我忍不住微笑，背对着他摆了摆手。

我是在落地窗前，一束香槟玫瑰旁边找到邵宇哲的，他正在和一位，最近才刚刚斩获话剧大奖的演员说话，我为了抢他下个月演出的票，请了全部门的人喝咖啡求帮忙。我还在负责这个项目的时候，这位演员并不在最初的那份邀请名单上，我忍不住对这个邵宇哲接手后捧场嘉宾的数量和重量感到了一阵的无语。

他们的交谈似乎到了尾声，对方笑着在邵宇哲的肩上亲密地拍了拍，才向另一小堆熟人招呼着走去。

邵宇哲回过身，看到三步之外的我，他愣了愣，露出惊讶的表情，手上的纸还保持着扬着的姿势停在中央。

"看，我帮你要了签名。"他说。

"你真的认识很多人是不是。"我接过那张签名，忍不住说。

"有一些。"他目不转睛地看着我。

我终于露出我计划好的笑容，大着胆子在他面前转了半圈，裙摆在灯光下像是铺满夜色的漫天星空，流淌出温柔的、细碎的光，轻轻擦过他的身侧。

"我希望这个表情是在夸我好看，而不是在暗示我过度的隆重，"我带着笑意看他，"毕竟，你要知道，在我的想象里，我是伴随着一个自下而上的慢镜头从旋转楼梯上走下来，然后你用这个表情看着我的。可惜杜经理拒绝为我破坏展区的设计。"

毕竟这一整个展区的基础就是当年那个工作室，楼梯虽然有，旋转的就实在太不匹配了。

“所以你都知道了。”他伸手拉住我，把我的重心转移到他身上。

“有一些。”我学着他的语气说。

“你们是什么时候计划这一切的，你和杜晴雪。”他露出无奈又好笑的表情，目光中却有着无尽的纵容。

“在我把礼物退还给她，然后请她给我换一套的时候，”我用同样的目光回看着他，“我说至少这次，在我走向男主角的这段距离上，如果我自己做不到，那至少这条裙子，也要把周围的人都变成芸芸众生。”我郑重地顿了顿，“所以她给了我这条会闪的。”

他失笑。

“你值得更好的。”我还在扬扬得意地看着他的反应，他却说了这样一句没头没尾的话。我一时有些反应不过来，他没有解释，只是微微笑着，眯起眼睛，“你值得更好的。”

我突然就想起我那件先锋派艺术的居家 T 恤，觉得脸颊不自主地开始有些发烫，他饶有兴致地看着我，对这个效果十分满意的样子。

“所以杜经理呢？”我故意地说，“她不是一直和你在一起吗？”

邵宇哲无奈地摇了摇头。

“我假设这是你们计划的一部分。”他叹了口气，还是认命地说，“虽然杜晴雪说服我接手这个项目最主要的目的还是为了这次纪念展和发布会，但她从一开始就没放过利用我刺激梁景春直面自己的感情的机会，我不愿意配合她，她就找了另外的帮凶，让梁景春相信她今天会趁着这个意义重大的日子宣布和我订婚。我一直告诉她这种方法不会有任何正面作用，可惜她不听我的，结果不出我所料，梁景春宁可偷偷溜走也不愿意出来面对她，所以她爬上了二楼的平台，直接跳了下去，阻止他离开……”他停了停，好让我在忍耐爆笑中喘上一口气，才接着说，“可能也不是为了阻止，总之他接住她了，然后断了两根肋骨，现在大概在去医院的路上。”

“我警告过梁总了，”我擦着笑出来的眼泪说，“注意安全。”

“肋骨的事是我编的，”他伸出手，擦过我眼睑下潮湿的部分，“但我觉得他倒是应该断上一两根。”

“咦，这么怨念，”我挑了挑眉，装作惊讶的样子，“莫非还有余情未了？”

“我不知道，”他勾着嘴角，看我的样子丝毫不受动摇，“不如你来告诉我，帮凶？”

“只是拿人手短而已。”我用完全不是这么回事的语气说，“我只是……我找她，原本只是因为不甘心，想逼着自己走出这一步而已，没想到她把所有的事都告诉我了，包括她和梁景春的事，还有你们在英国时候的事。”

虽然大半的细节都被杜经理一笔带过了，不过还是多少能拼凑出来一个完整的故事。我知道杜晴雪的父亲，杜董事长对梁景春有恩，在梁景春的父母去世时不但帮他处理了债务还让他读完了大学，按照梁景春的性格，无论之后付出怎样的努力又经历了怎样的辛苦走到今天这一步，他都会认为这一切都是杜家给的。所以对于杜董事长的千金女儿掌上明珠杜晴雪，大概心里就算是有再深切的感情，也跨不过自己设下的雷池一步吧。

而且这种十二岁开始一路看着长大的年龄差，从梁总提及这件事的样子来看，确实不断上两根肋骨也是很难自我突破的。

但是喜欢一个人的心情真的是藏不住的……不知道为什么感觉特别容易理解梁总的心情，而且特别难以产生同情。

“所以我说了，我和杜晴雪……我和 Alicia，我们都有放不下的事情，放不下的人，我们都以为这种相似的感情可以作为联结的基础，可以尝试交往，尝试重新开始，”他露出一个无可奈何的苦笑，“但我们谁都没办法真正放下什么，从一开始就保留太多……结果约会变成了匿名互助小组。”

我被他的形容逗笑了，笑过之后又有些微微的难过。

“所以我才说，至少她们都有从高处跳下去的勇气。”我眨了眨眼睛，把眼里的酸涩收了回去，“难怪安整个人都在发光，这种情节的狗血程度至少能排到她喜好的前三名。”

他没有说话，只是低着眼睑，像那天在电梯里一样看着我，眼里的光静谧而温柔。

我也回看着他，在这样的目光里感受到和那天同样热切的冲动。

“我想做一件事，一件从我很早之前开始就一直都想做的事。”我开口，“但在那之前我要先问你这个问题——你为什么回来？”

“……因为我看见了你。”他像是终于等到了这一刻一样，沉着声音说，“在那个文化交流项目之后，我收到唐总安排人发来的邮件，是双方公司交换用以宣传的相关材料，其中有一本是公司的内刊，我就在那里面看见了你。你就坐在展览馆的大厅中央，在一个免熏蒸的木箱上研究钉枪怎么用。那个样子和我记忆里你下课时坐在书桌上的样子一模一样，那一刻我突然觉得，我以为我已经放下了，结果所有的记忆都在隔着照片看到你的瞬间让时间的流逝变得毫无意义。”

“所以那是我。”我低声地说，觉得一切都理所应当，却又觉得好像那么的难以置信，“你决定不放下的人，是我。”

他没有回答，只是露出一个浅浅的笑。

“但是那天你拒绝了我。”我说，这个问题在问出的时候我已经隐隐有些明白，但我仍然想听他说出答案，“为什么？”

“那天你打电话给我的时候，我就在机场。”他说，“虽然是仓促之间的安排，但从决定去英国的时候开始，我就想告诉你，告诉你我喜欢你，告诉你让你等我回来，但我每次拿出电话都无法拨出去，因为我不知道自己是否真的有这样说的资格。那段时间家里发生的事彻底摧毁了我一直以来的认知，我第一次认清自己其实是一个生活在父母的保护之下，完全无能为力的人，懦弱又无用，只能在家里人出事的时候，听从安排，躲得远远的，那时的我不知道这件事是不是真的会过去，更不知道自己到底还能不能回来。我甚至不知道，自己是不是真的值得你喜欢……所以接到你电话的时候，我真的很高兴。”

“但你仍然拒绝了我。”我呆呆地说，看他皱着眉，笑着的样子是如此的令人难过。

“因为你希望我拒绝你。”他目光温柔，微微笑着，说，“你在电话里说你只是想告诉我你喜欢我，完全不指望我能回应你的感情，而且你也不值得我喜欢，你只是想要听到我亲口说出拒绝然后就此放弃。你听起来那么难过，我想你要的或许只是一个结束而不是一个回答，所以我告诉自己，那就这样吧，如果能让你不那么难过，那就这样吧。”

我感到鼻子发酸，喉咙灼烧一般的疼痛，他像是知道我想要问什么，继续说了下去：“我以为有了工作，有了自己的生活，大概就会一直待在英国了，即便是在 Alicia 离开英国，说我迟早也会回来时我也依然这样觉得，但那天在照片里再次见到你的时候我才真的知道，原来我从来都没有放下过，所以无论我怎么尝试，都不可能和其他人在一起了。但我现在已经不再是那个无能为力什么也不懂的少年了，画廊的经验和 Alan 给我的工作让我认识了不少人，也知道了不少做事的方法，我想或许这次是真的可以了，所以我接受了唐总给我的这份工作，就这样回来了。

“一开始我只是想要慢慢地接近你，慢慢地融入你的生活，我怕吓到你，也害怕会让你逃得更远，可你真的完全没有变，还是那样，一旦认定就很难改变。有时候在面对你的时候，那种无力感又会重新回来，好像自己又变成那个无能为力，什么也做不了的没用样子，我想如果你从一开始想要的就是结束，那我回来这件事，是不是本身就是对你现在生活的一种伤害。”

“……你知道，”我终于可以发出声音，哑着嗓子说，“唐磊说我们在执迷不悟的程度上简直不相上下……尽管我真的恨他每次都说对。”

他笑着点点头，算是接受。

“那么你会放弃吗？”我问他，“那天杜晴雪骗了你，说她也告诉了我你们要在今天订婚的事，你跑来公司找我，那个时候你其实已经知道我想去总公司的事了吧，如果我真的满脑子都是逃跑的念头，如果我甚至决定为此离开现在生活和工作的地方，你会放弃吗？”

“不会。”他的目光变得有些深邃，但是表情却无比认真，“我想我不需要再用同样长的时间去想明白这件事。”他突然勾起嘴角，用一个坏心眼的表情说，“何况进入总公司对我来说并不是什么难事……你想要伤害唐总吗？”

“你要知道的第一件事，”我直直地看着他，说，“我会参与到法国的项目里，我也会努力进到总公司，我会变得更好，我会让自己相信自己值得一切。”

“好。”他低头看我，温声说。

“第二件事，”我把手放在他的腰上，踮起脚靠近他，“无论我有多喜欢你，安永远都会排在第一位。”

“我想我在高中时就知道这件事了。”他有些泄气地松了肩膀，无奈地说。

“还有第三件事，我从很早之前开始，就想做这件事，”我说，“我要吻你了。”

一年后。

我穿着婚纱站在酒店专为举办婚礼建造的小礼堂里。今天阳光明媚，温度宜人，光线透过彩色玻璃窗在我们身上洒下缤纷的光芒，空气中隐隐飘洒着轻声而欢快的背景音乐，Bruno Mars 的 *Marry you* 正唱到“If you’re ready，like I’m ready”，一切的幸福都是那么的恰到好处。

我和心爱的人十指相扣，四目相对地听着证婚人念出我们相遇相识相知相恋的故事。

从幼儿园第一次相见，到历经中考高考大学工作，这么多人生的风风雨雨分岔口，依然相伴如初，真心依旧。

安热泪盈眶地看着我，我也回以她同样的深情，她紧了紧握着我的手，难掩激动地说：“终于等到了这一天，我从一开始的时候就说过了，我们不当情侣实在是太过浪费。”

“没错，你就是我喜欢的类……”

我的感言还没有说完，小礼堂的门发出一声巨响，邵宇哲和唐磊一人一边将厚重的木门踹开，任奕鸣这个叛徒四平八稳地出现在两人身后，面色冷淡地摆着一副“二位这边请”的姿势。

阿墨收起刚刚念完的证婚词，提了提婚纱的下摆，尽职尽责地扮演着自己的角色：“在婚约即将缔结成时，若有任何阻碍她们结合的事实……”她伸手指向礼堂的侧门，肖远已经不动声色地站在那里，打开了门，“私奔请往这边跑。”

我和安看了看对面的两位新郎，又互相看了看，一边一个拉住阿墨的手，“跑——！”

小礼堂侧门外，罗林正拉着江晨四处寻找我们，在我们的狂笑中莫名其妙地被拉着一起跑了起来。

今天阳光明媚，绿草如茵，风穿过婚纱的裙摆扬起轻快的节奏，一切的幸福都是那么的恰到好处。

Who cares baby，I think I want to marry you.